植秀

亦舒

三個老同事坐在玻璃溫室內開會。

四周圍熱帶植物琳琅滿目，美不勝收，離她們最近之處是稀見大叢盛放蘭花，異色異香，寄生在不知名樸實樹幹上，像一些美麗女子，並無獨立生長能力。

三個中年女子相貌娟好，書卷氣十足，名貴衣著式樣與顏色都低調，這時，兩隻帝皇蝴蝶忽然翩翩飛近，輕輕停在其中一人衣襟上。

她輕輕說：「梁山伯與祝英台。」

這句話，成為會議開場白。

「都準備妥當了。」

「是呀，來到我們這一組，已是實驗最後一環，不必動刀動槍，光做記錄便行。」

「想想也真奇怪，這項爭拗已持續百年：先天抑或後天，Nature or Nurture，至今才徹底做一個解答，完全是個過時項目。」

「從前，不能做到百分百完全一模一樣的實驗品。」

「今日已完全做到？」

「是的，基因完善改造，使同卵子三胞胎實驗主角百分九十九相同，然後，找到三對環境相異養父母，看她們成長過程與結果。」

其中一位吁出一口氣，「歷史上有一個人，也對這個實驗感到莫大興趣，那個人，叫希特拉。」

「不可以如此比較。」

「希氏對各式各樣培養優秀人種實驗鍥而不捨，恐怖殘忍，妄想培養一支超人。」

「我組這項實驗，已開啟近半世紀，我們師傅的師傅已努力着手苦幹，傳到你我，已是第三代，但待這三個嬰兒長大，恐怕至少還要傳多一代。」

「長大是什麼歲數？」

「十八歲，至多廿一歲。一個人，若到廿一歲，還不能思想經濟獨立，那麼，因子已有極大缺憾，需從頭開始。」

「如此勞民傷財耗時研究需小心翼翼進行。」

「政府為何撥大量資源研究該三胞胎成長過程。」

「政府若什麼都查個明白，便不是政府。」

「其中一個原因，怕是因為其他國家也在努力吧。」

「精卵已在冷藏庫，生物父母是一對自願參予實驗年輕大學生，急需經濟資助。」

「聽上去不似具智慧與遠見。」

「不要緊，劉教授會得在因子作出若干改變。」

「違反人道。」

「我們可以為三胞胎選擇一項日後她們在生活中最有幫助的因素。」

「她們，是女胎嗎。」

「正是。」

「為什麼。」

「劉主腦認為，女性天生敏感多情，控制後天更加複雜。」

「我們可在扮演上帝角色。」

「當然不，實驗室迄今未能人工製造人類。」

「政府不告訴我們吧。」

「這項實驗，牽涉百名生物化學人員，各司各職，我們三人，不過是保母角色。」

「言歸正傳，作為女性，你最憧憬何種特色。」

「這是一個科幻故事嗎。」

「當然不是，同怪物與超人無關，怎算科幻。」

「我選美貌，你我因長相平凡，大半輩子落在實驗室內，沉悶苦幹，吃苦吃到眼核。」

「要明敏過人，才能充份利用自身條件，化險為夷，並且知彼知己，百戰百勝。」

「聰明有因子嗎。」

「當然有密碼，劉師會着弟子將原有本體因子剪走，把外來因子注入本體，技術已容許準確地編輯。」

「在數百萬枚基因中，我們三個保母只能選一種。」
「我選容忍。」
「那在一般人眼中，不過是懦弱。」
「勇氣，膽量，極為重要。」
「我們都忘我奮進地把實驗做千百次，得到什麼。」
「為什麼要後悔過去投入的精力時間。」
「人類都如此因循。」
「那麼，選擇不悔。」
「不行，人不是牛。」
「選擇竟這麼難，若是你的孩子，選擇什麼？」
「選擇不出生，匆匆來這一場，有限溫柔，無限辛酸，苦得要死，人世間不如意事常八九，忽爾兩鬢已成霜……」
「那麼，做一個幸運的人。」
「沒有運氣因子。」

「嗟！為何有人特別幸運。」

「那是華裔口中的氣數。」

「氣數可能後天安排。」

「這便是我組要研究報告的重要項目！一個人在困境中，可能戰勝脱離他的出身，憑後天戰勝先天，出人頭地。」

「若孩子並無出人頭地情意結呢。」

「呵，可憎的環境中種種可怕因素，會逼使他向上爬。」

「那就看他天性如何。」

「看，看，這項保母工作還是有些趣味。」

「每月記錄一名嬰兒所作所為，可算有趣？」

「嬰兒，有不可抗拒的魔力。」

「我不喜歡他們，他們自胚胎時期便練成奴隸主子神功，把父母支使至團團轉直至成人，然後一腳踢開自私努力自我生活，他們奸狡無比。」

「到底選何種優點。」

「不能每人選一樣？」
「我向劉師努力爭取，他說，只能選一樣。」
「那麼，健康。」
「劉師已處理好這一點。」
「什麼，百毒不侵的新人類，還說不是科幻。」
「她們也不會失戀。」
「那就不是人類，不，一定會失戀。」
「勇敢、堅毅、奮進！」
上午說到下午，並無結論，梁祝雙蝶疲倦，飛到葉蔭休憩。
「叫人拿長島冰茶進來。」
忽然笑，「選厚顏吧，人若無皮，天下無敵。」
「一模一樣的三胞胎。」
「還是美貌好，漂亮得叫人看了心裏會『咚』一聲。」
「不行，美人多薄命是古人一種統計數學。」

「天快黑，限我們今日內答覆，胚胎過一日需植入母體。」

「那就要聰明吧。」

「幸運。」

「已經說過基因不能支配運氣。」

「少數服從多數，贊成勇敢的舉手。」

也許是長島冰茶因素，三人同時舉手。

也可能是因為勇氣叫她們三名科學家不離不棄為學術走到今日。

「通知祖師爺吧。」

找到劉教授，說出「勇氣」兩字。

他說：「很好，很好。」

沒有第三個字。

別以為號稱祖師爺的他白髮蒼蒼，像童話術士梅林，長得如達爾文，不，他貌若三十餘，長得比任何男演員漂亮，金棕色鬈髮，碧藍雙眼，身高六呎一吋，他本身，其實很可能，就是第一組基因實驗室產品。

為何姓劉，啊，那不過是一個代號。

「散會。」

「接着的十年八年，我們交上報告便行，不必見面，也不必喝長島冰茶，冷眼看三個性格容貌一模一樣的女孩，如何受環境影響她們成人。」

「不能出來聊天嗎。」

「我們三人，沒有生活，只有研究，換言之，我們也是白老鼠，有什麼題目可聊。」

三人黯然。

「散會。」

她們互相擁抱，祝賀工作順利。

助手把她們外套與公事包取出。

原來，溫室會議室用一個大玻璃罩籠蓋，氣溫燈光濕度全屬人造，真正的外面，天色已經昏暗，並且落着鵝毛大雪，地上已白茫茫積雪盈呎。

不，這不是一個科幻故事。

這不過是三個女孩子在不同環境成長的經歷。

劉爺要研究的真是先天與後天的問題，天知道，不過，一直有人說性格控制命運，他想必要知道是否事實。

九個月之後。

三個被選保母之一史瓚接到電話，是劉爺略為興奮聲音：「嬰兒出生了，快來探望。」

史瓚跳起，「立刻到。」

「我讓助手接載，他就在門外。」

門外，一個英俊年輕男子看見她便叫：「瓚姨，你好，我是你助手李志強。」

史瓚朝他點頭，上車，坐好，難掩愉快心情。

車子駛往近郊植秀實驗室。

小李帶她走進雪白裝修育嬰間。

劉爺迎出，「史瓚，許久不見，你氣色明朗。」

「另外兩位保母路斯與河川呢。」

「你們三人分頭工作，不必見面。」

「唷。」

「過來，由你先挑選孩子。」

看護把小巧嬰兒床推出。

史璜探頭張望，眼看那小小三顆芋艿頭擠在一起，她們正熟睡，蘋果似圓面孔，閉着雙目，鼻樑高高，嘴巴鼓鼓似餃子。

史璜心頭一熱，有股衝動，想伸手把她們抱起，摟在懷中，事實上，雙臂已不聽控制伸出一半。

護士拍拍手掌，嬰兒們受驚睜開雙目，她們的眼珠與成人一般大小，明亮閃爍。

啊，可愛得不似腌臢地球生物。

其中一名哭出聲。

史璜抱起她。

「好，你已選擇這個。」嬰兒身上結着名牌，「她叫目明，史女士，在未來歲月，由你監察目明成長。」

「我還想看看其他兩個。」

「不必，她們三個一模一樣，是同卵子三胞胎。」

果然，根本看不出分別。

其餘兩個嬰兒被看護推出。

「她們叫什麼名字？」

「那，你就不必理會了。」

「劉爺，伊們的生母呢。」

「目明的養父母姓王，由你代表植秀護幼院送出撫養，每三月去探訪一次，王氏夫婦已明白這是領養條件之一，小李會做你助手。」

「就這樣簡單。」

「就如此，」劉爺略為感慨：「同所有嬰兒一樣，目明未能自身選擇父母，生在什麼人家，就得在該處生長成人。」

「唷，劉爺，相信你已經為她作出最佳選擇。」

「家庭貧富其次，最要緊的是，父母富愛心、夠寬容，王氏夫婦是一對好人，你一見便會認同。」

家貧？富有？

「去吧，他們已在殷切等候。」

秘書把一個文件夾子交給小李。

這時，史璜並沒把嬰兒放下，她一直緊緊抱着，嬰兒忽然哺哺作聲。

秘書說，「肚子餓了，吃飽才走。」她遞過奶瓶。

史璜凝視那張安琪兒般小面孔，聲線忽變，「啊，」她同嬰兒溫柔說話：「吃多點，快高長大，讀書用功，聽爸媽話。」

嬰兒展開笑臉。

史璜把臉頰輕輕貼上。

看護說：「幼兒不知這真是人類全盛時期。」

劉爺問：「你憧憬回到幼兒時期？」

「才不。」看護笑答：「不知捱多久才修練至今日，想到各種學習艱苦，無數測驗考試，還有感情創傷，職場荊棘……才到今日，總算擦亮雙眼，安定下來，可以斟杯茶看日出日落……還回到孩提時期？開玩笑。」

「有青春的勇氣呢。」

「那不過是窗頭蒼蠅亂碰亂撞。」

「給你說得一無是處。」

「根本就是。」

劉爺說：「你們好出發了。」

「我真的不可與路斯與河川通個電話？」

「你們不許聯絡通訊。」

「明白。」

這些時候，史璜不捨得把嬰兒放下，小傢伙有點墜手，擁懷中甚具安全感，史璜忽然有一奇特念頭：把小小人抱走，到某處生活，把她帶大，認作她母親，人不知鬼不覺……

車上有一個看護等他們，「史小姐，我來。」

她接過嬰兒。

小李這時笑問：「史璜，不就是 swan 天鵝嗎。」

是，路斯，是玫瑰，河川，是 river，她們巧合擁有養父母別致姓氏，性格亦相似，且一直是同學與同事，十分談得來。

才在想，路斯電話找。

史璜輕輕說：「我們不該聯絡。」

「我正在選嬰兒途中，你呢。」

「小人兒可愛否。」

「正睜眼看我呢。」

「那麼小，雙目焦點未能看清事物。」

史璜匆匆按熄電話。

小李忽然說：「記錄上說，劉師傅已有五十多歲，看上去真年輕，宛如三十歲人。」

史璜微笑，「不要在背論上司的上司。」

「是，是。」

「小李，如無意外，你我將合作做這個研究十多年，直至寶寶成年，請不要多話。」

「完全明白。」

車子才駛近街角，已經聞到新鮮出爐麵包香，什麼，寶寶的家是一爿麵包店？

果然，一對胖胖夫婦已站在門口迎接。

襁褓中嬰兒忽然手舞足蹈。

看護忍不住笑，「啊，你喜歡這個家，太好了」，都忍不住與小蘋果說話。

司機停下車，那對夫婦已經迎上，把有關證明文件遞給小李，熱切渴望地看着看護，想接過嬰兒。

史璜輕輕說：「進店裏再說吧。」

店堂有十個八個熟客排隊，起哄：「寶寶來了，寶寶來了。」都知道王家的事。

小李介紹：「這是璜姨，孩子監護人，這是王爸與王媽，自今日起，是目明的父母。」

王媽忽然落淚，伸手抱過小小目明。

店裏客人鼓掌。

王爸揚聲：「今日，各人免費贈送麵包一枚。」

小李連忙取過一個豬仔麵包咬下，脆皮卜卜響，他唔唔連聲。

老闆娘給他們大杯咖啡。

小李到底是個辦事的人，取出文件，讓王氏簽署。

夫婦倆目光全在孩子身上，笑得咧開嘴。

小李把植秀護幼領養條件再重複一遍。

「本人與璜姨每月一號上午十時必定前來探訪，希望你們撥冗準備，三歲後改為每季一次，你們若搬家，必須知會植秀機構。」

王氏夫婦沒聲價稱是。

史璜懷疑他們根本沒把特殊條件聽進耳裏。

店堂客人漸散，燈光明亮，地方清潔，史璜放心。

王太太領他們到二樓看嬰兒居所。

房間不大，井井有條，乳白牆壁與小床，用品應有盡有。

這時各人聞到一陣異味，王先生第一個開懷大笑，「唷，得做清潔工作矣，男賓請避席。」

大家一塊笑出聲。

看護低聲說：「史小姐該放心了。」

是的，小目明會在麵包店安然成長。

王氏夫婦不但有愛惜之心，而且樂觀、慷慨、真誠，王先生還有不可多得的幽默。

王家是一頭好人家。

目明這孩子，擁有不幸中大幸。

史璜依依不捨。

回程中他們不發一言。

史璜心中有好些疑問：目明生物父母是什麼人，王氏夫婦看樣子不想隱瞞女兒是領養身份，將來目明如問起，如何回答。

還有，孩子到底曾經更改過多少基因，成年後，該不會長出第三隻眼睛或是第三條手臂吧。

史璜只是整個神秘計劃長鏈其中一個環節，看不清整幅圖畫。

下車，濃眉大眼俊朗的小李這樣說：「璜姨，我廿四／七都服務。」

史璜點點頭。

「小李，你替我打探一下，三胞胎另外兩個，叫什麼名字。」

「行。」

「她們，又被送到什麼樣家庭寄養。」

「明白。」

「事情，要做得隱蔽。」

「我會找外邊的人探索。」

植秀工作人員，均獲極佳薪酬福利，工作時間可以長也可以短，只要有成績，小李自是優秀人物，聰敏思捷，手腳爽快。

不到數日，消息來了。

「由河川姨負責的嬰兒叫耳聰，被送到新月街一戶人家。」新月街是城市舊安置區，設備簡陋，人口身份複雜。

史璜聽後「呵」的一聲。

小李似讀懂她心思，「璜姨，別擔心，我也在新月區成長，有三兄弟，讀書成績都相當好，都已找到工作，父母堅持該處街坊互相看顧，人情味豐富，不願搬離。」

那嬰孩，勢必比別人要多些毅力。

「璜姨，你覺得一個人的出身環境與他日後成績有相等關係？」

「這正是我組該項實驗計劃要證明的一點。」

「社會上已有許多實例證明將相本無種。」

「可是也有若干富二代三代不費吹灰之力已升任公司董事。」

「啊對，第三個孩子，叫心潔。」

史璜詫異，這三個名字恁地好聽，又有深意，莫非是劉爺手筆。

「她被送到南灣富戶，由兩名保鏢一名看護照顧。」

「啊，多麼好。」

「可是，」小李忽然多嘴：「一個人快樂與否，與金錢是否有直接等號，恐怕劉爺也說不準。」

「那是怎麼樣的富戶？」

「丈夫已經年邁，妻子是年輕繼室，多年不育，希望心潔這個嬰兒，會帶給他們笑聲。」

「穿得好吃得好，樣樣順心，也不一定代表快樂——小李，帶我到新月邨看看。」

小李駕駛技術一流，轉彎抹角，很快到達目的地。

史璜帶一些鮮花水果，「去探訪令尊令堂。」

小李說：「不敢當。」語氣還是高興的。

一條長走廊上一邊是綠色的門，另一旁是露天晾衣處。

小李敲門，伯母來開門，一見史璜，笑得閉不攏嘴，張開雙臂歡迎。

李伯母誤會啦，她以為史璜是兒子女朋友。

地方狹窄，家具簡單，但主人家熱情戰勝一切，伯母斟茶、遞點心，熟落閒話家常，不卑不亢語氣叫史璜自在。

伯母這樣說：「我兒年紀也不小啦，一直讓他帶朋友回家吃飯，他左推右搪——」

小李笑着說：「母親，我們還要工作，先告辭。」

「喂喂喂，你爸在郭伯處下棋，我叫他回來。」

「下次，下次。」

小李拉着史璜離去。

他一直嘻嘻笑。

史璜嘀咕：「伯母看不出嗎，我比你大好些年。」

小李說：「我也覺奇怪，璜姨你怎麼看都似廿多歲。」

史璜笑這小子懂得「逢人必減壽」之術。

「劉爺千叮萬囑要叫你阿姨，我看全無必要，這樣吧，叫聲阿姐，方便工作。」

史璜說：「看樣子，新月邨給你愉快童年。」

「是呀，父母愛惜，已經足夠。」

「難道你不嚮往一雙名貴球鞋。」

「璜姐，足球在南美洲發跡，那些窮困的孩子赤足在沙地瓦礫中練出身，後來都成為國際球星，不管一雙鞋的事。」

「小李，敬禮。」

「璜姐，你出身如何，可否說來一聽。」

「我？我出生不到一個星期，便被人棄置在一隻行李篋內，放教堂門口。」

「不！」

「完全事實，當年警方大聲呼籲，請求生母領回，不予問責起訴，但最終無人認領。」

「璜姐！」

「我也是領養兒，領養父母史璜夫婦視若己出，供書教學。」

「你可有企圖——」

「沒有，史璜便是我唯一父母。」

「對不起我問太多。」

「不妨，我們將是親密同事。」

「為什麼植秀同事看上去均比實際年齡年輕。」

「這是先天遺傳。」

被放在一隻行李篋內丟棄！

小李不能釋然，要對史璜女士好一些作補償。

史璜心想：三個嬰兒的名字，與她們三個保母名字，似出同一人手筆，太過巧合，她們三人分別是花朵、河川與天鵝，可也是預先設計？

養母常說：「史璜，你是天鵝，別人說什麼都別理。」

史璜想念已過世養父母，內心酸痛。

回到學校實驗室，見到學生們圍着一隻籠子觀看。

「史教授，請快過來。」

她探頭過去，看到籠中一隻白老鼠，長着黑色頭顱，啊，成功了。

「教授，已經活了三天。」

「這是第一零七次實驗。」

史教授輕輕說：「其餘那些犧牲掉小生命會找你們報仇。」

「教授！」

「新西蘭某大學做七十次已經成功。」

「那是人家，我們是我們。」

「教授，你是我們偶像，我們洪荒組預訂你的尊頭，屆時換到學生身上。」

史璜沒好氣，「妥當把報告寫出，以便精益求精。」

「是，教授，有三處地方最值得注意，是為一零三次實驗成功原因——」

史璜把黑頭白身老鼠放掌上細細觀察。

學生們手術極細，巧奪天工，老鼠假使一直存活，便交給另一組。

她摸摸自己脖子。

再過幾年，這顆人頭不知花落誰家。

劉爺找她。

他說：「慶幸孩子們已經呱呱落地，找到人家。」

「地位懸殊呢，太不公平，劉爺。」

「人生本來如此：從不公平。」

「但她們生命與生活由你主導，不覺內疚？」

「史璜，你這種思想，妨礙科學發展。」

她不作聲，心有疑團，但一時未能發問。

「你只需做好你本份。」

明白。

先是每個月探訪一次。

不知恁地，隔夜已有興奮感覺，像等待考試放榜，與同學們旅行，她渴望那一刻揭曉。

她看了許多嬰兒自出生到成長過程，只覺奇妙！因為小目明，更加投入。

她不由自主在玩具店挑選若干有趣玩意，把益智群撥到一邊：不過是一團粉，只會哭泣蠕動，那麼早學習幹什麼。

但見到目明，便知道錯。

才幾個星期，那幼兒長了許多頭髮，五官漸現，手足有力，可以靠着坐。

竟然有脾氣，胖頭轉來轉去，不肯吃奶，大人放棄把奶瓶拿遠，她會嘻呵笑。

史璜看得呆住，這不花不假是一個人，七情六欲喜怒哀樂迅速發展。

「還容易相處嗎，好帶嗎。」

「盼望孩子已有多年，整夜不寢也無怨言。」

緊緊抱手中。

小李拍照記錄，看史璜一眼，像是問：我們也曾經一度是嬰兒嗎。

史璜點點頭。

她把小小孩子抱胸前，王太太取過褙帶，把嬰兒縛在她胸前。

史璜就這樣走來走去，吃茶說話，彷彿不願告辭，小李咳嗽好幾聲提醒：每次訪問，不宜超過半小時。

史璜道別，站起走到門口，王先生「咴咴咴」焦急走近，原來，史璜忘記解下嬰兒。

上車，史璜頹然。

不知河川與路斯兩人可有同感。

小李又多嘴：「璜姐那麼喜歡孩子。」

並不，史璜自身也不解，平時，看見幼兒，避遠遠，怕他們扯衣服吐涎沫，三兩歲會說話那些更可怕，隨時一句話叫大人下不了台，有小男孩曾走近對史璜說：「來，給我一個吻」，大家笑不可仰，史璜頗有被冒犯感覺，從此不抹鮮紅唇彩。

但目明是例外。

從第一天看起，完全不同。

每過一個月，小孩奇特生長，又刁鑽不少。

抱在大人手裏，一直伸出胖胖小手指東指西，要往東走或往西走。

史璜把額角頂住孩子額角，輕輕責備：「頑皮頑皮」，不知恁地，她竟聽懂語氣，哇一聲哭，王母怪不捨得，急急接過哄撮。

這時，孩兒已胖了一倍，有點墜手，但王太太絲毫不覺。

小李說：「目明日子過得幸福。」

怕會寵壞。

「每個孩子都應該受寵。」

「下一次，怕會開步走。」

「還沒那麼快，要到十個月左右。」

這段日子，他們就吃吃瞓瞓，吵吵鬧鬧過日子，還有，排洩，惡臭之極。

一次，看到目明洗澡，她胖得肚皮打褶，雙手拍打水面，濺濕王媽，哈哈笑，這還不止，忽然在浴缸大解，嚇得史璜退後三步。

王媽卻不徐不疾，逐步清潔，沒有怨言，一直忍笑。

啊，奴隸就是如此練成，可怕，殘忍。

小李說不出話。

他在車上給史璜看照片。

史璜開頭，以為是目明，仔細觀察，哎呀一聲，不，不是她的目明，彷彿是一點分別也無，可是，打扮不同，其中一個幼嬰梳兩邊丫角小髻，才銀元那麼大，可愛得叫人忍俊不住，另一個穿着漂亮小裙子，胸前有名牌子。

一般笑容，兩顆門齒。

「謝謝你，小李，最佳禮物。」

「知你想念她倆。」

「可恨不讓我們通音訊。」

「一模一樣，極少病痛，但還是依例注射各類防疫針。都很大膽，心潔抓表姐小狗耳朵，小狗痛得哇哇叫，她也不怕。」

史璜接上：「我們目明把逐隻出爐麵包捏打，現在要把麵包放在高處。」

哈哈哈哈哈。

充滿笑聲。

幼兒做什麼都可愛可笑。

史璜憧憬：「快要上學，便知分明。」

「三家不約而同，已經報名。」

「噫，後天的功力開始，心潔必然讀每月萬多元學費的名校吧。」

「都説學習靠學生本人。」

「你信嗎。」

「我信。」

「但為什麼社會一聽到劍橋與哈佛，便肅然起敬。」

「社會膚淺。」

「這也同先天與後天有關吧。」

「前人做過多次實驗均無結論。」

「希望劉爺成功，這些日子，很少見到他。」

「他是統帥，忙極。」

半歲大，目明喜坐學行車，首次獲得部份自主，開心得手舞足蹈，走近店門，拍打玻璃，要走出去。

史璜驚駭：不顧一切，爭取自由，怕幼兒受傷，顧客走進走出怕大門會夾到她。

王太太卻不怕，欣喜說：「昨天，叫媽媽了。」忽然流淚。

每個幼兒最終都會叫爸媽，她卻感動至此。

有些媽媽說，孩子大了，要求大筆零用時，叫得更加熱情——不怕他們不叫。

目明已懂認人，她認得史璜，記得這個阿姨，每次出現都要做她規矩，不喜歡她，但她又往往帶着糖果玩具，目明會抬起小胖臉等待。

很聰明，因在店裏長大，頗有街頭智慧。

環境陶冶，不可小覷。

心潔長在富貴人家，不知是否特別嬌縱。

抑或，大戶人家規矩反而做得重。

翌年，便發生一件事。

按期探訪，發覺小目明已經會蹣跚學步。

張開雙臂作平衡，左搖右擺，像小鴨子，有趣到不行，王媽王爸感動得淚盈眼眶，一邊拍手鼓勵。

誰知目明忽然伸手搶顧客手中麵包。

王母阻止，「不可，放下。」

可是幼兒也有脾氣，把到手麵包丟到地上，瞪圓眼睛，作生氣狀。

史璜止住笑，「目明，你不對，怎麼可以發媽媽脾氣。」

目明不服，用麵包摔向史璜阿姨。

史璜忍不住動氣，這麼小就這麼忤逆，豈有此理。她提高聲音，「目明，不可！」

目明見不敵，立刻哭出聲，撲入王母懷抱。

王母痛心，「史姑娘，我的孩子，我來教。」

史蹟忽然明白過來，她是牽涉得太深了，她不過是個觀光客，怎可干涉人家家事。

她連忙站立，「對不起對不起，我失言。」

她連忙退到店外。

這不是你的孩子，史蹟。

小李追出說：「史蹟，那不是你的孩子。」

史蹟羞愧，「我是怎麼了。」

「你太過投入。」

史蹟不出聲。

「真沒想到歲把幼兒亦有脾性。」

「我們走吧。」

王爸出來攔住，「兩位別生氣，喝杯熱茶才走。」

史璜亦不願與王氏夫婦鬧翻。

王先生斟出好茶。

王媽抱着目明不知躲往何處避尷尬。

不料老好中年人忽然如此提問：「實不相瞞，我與內人都疑心你倆是目明親生父母——」

什麼！？

「你們對目明如此關注上心，不似一般工作人員，我們聽說過有種開放領養，允許生父母探訪孩子——」

「不不不，」小李喊出聲，「王先生你想多了，我與史璜純是植秀機構同事，與小目明一絲血緣也無，不信可作檢驗，你若不歡迎我倆，可另作安排。」

王先生似放了心，這樣說：「不不不，你們很好，彼此已有瞭解，這次，純是誤會，兩位千萬不要放心上。」

只聽到等得不耐煩的顧客叮叮按鈴。

小李說：「王先生快去做生意，我們先走一步。」

他拉着史璜離去。

他已停止尊稱，由璜姨↓璜姐↓乾脆稱史璜。

「小李，下次，你一個人來吧。」

「怎麼可以，上頭不是如此分配任務。」

「我同上頭說去。」

「資深科學研究人員怎可如此任性。」

「對不起。」

「去喝杯啤酒安撫心靈。」

一杯啤酒下肚，感覺不一樣。

「那王氏夫婦溺愛小目明。」

「離譜。」

「他們的孩子他們教。」

「再過幾年會後悔。」

「也許懂事後目明會乖巧孝順。」

「是你的孩子你可會做規矩？」

「目明不是活娃娃，她會長大成人。」

「她性格鮮明，真正可愛。」

「你希望有那樣的小囡？」

「一定，我不要一團糯米。」

兩人笑出聲。

回到學校，看到學生又聚一塊。

這次，有人流淚。

發生什麼事？

原來，那隻黑頭白身老鼠宣告死亡。

史璜這樣說：「科學家感情要成熟些，你們不是多愁善感詩人。」

……

「如此脆弱，我可不敢把我的人頭交給你們。」

「不不不，教授……」

「把報告交給我細閱看紕漏在何處。」

「我們先謄清一遍。」

「不用，我不想等到下學期，成功與否都把你們交給別的領隊。」

她自己也要交報告。

吸一口氣，提起精神，走到私人電腦面前，先整理自家雜亂無章報告。

她這樣寫：人類最容易對之發生沉淪感情的動物有二：小孩，與小狗。

一心一意會愛上他們，是妍是醜，根本已不在考慮範圍。

史璜刪卻上文，科學報告，怎可添加私人感情。

小李把他的筆記傳來，做得條理分明，數據、統計、推算，均一清二楚。

他似乎應該是她的上司。

有人敲門，來人正是小李。

他說：「我知你喜歡吃白粥。」

「也得有東西送。」

「油泡果肉與火腿切絲。」

好極了，他也是滬籍，所謂果肉，即花生，長生果。

邊吃邊道謝。

「我有小耳聽的錄影片段。」

他遞上電話。

史璜一看錄影，「嗄！」

她駭笑，不置信，終於長嘆，「一模一樣三胞胎。」

只見小小耳聽也會發脾氣，含淚，小面孔漲通紅，握緊拳頭，蹬動胖小腿。

「這是為什麼，一歲多，氣何人，氣何事？」

「誰知道，蔚為奇觀。」

「心潔呢，會不會好些。」

「我得去打聽一下。」

「當初，我們只與她們勇氣這特色，早知，好性子才重要。」

「在真實世界裏，好人去不到高處。」

「小李你太悲觀。」

「老劉恐怕在別的因子為三胞胎做了手腳。」

史璜緩緩說：「我也曾這麼想，他想製造強人？」

「三個孩子都比別家聰明。」

「這倒不見得，你對她們有感情，所有父母都覺得自家子女是天才，可愛到世間無，但聰明人會控制脾氣。」

「她們還那麼小。」

「三歲見八十。」

日子久了，兩個不多話的同事也有商有量。

「我也好奇，將來，三個孩子可會有作為。」

小李這樣說：「有成績的人不一定快樂。」

「你真是澆冷水專家，我雖沒有出人頭地情意結，但如果能在某行業千百行家中脱穎而出，到底也是愉快的事。」

小李說：「你有志氣。」

「你夠調侃。」

「不敢，師姐。」

他閱讀她的學生報告。

心細的他有一具特別功能配件，將實驗記錄輸入電腦，數百次實驗中數百個程序互相對比，突顯各類重疊，更正對錯疏忽因素，特別顯著謬誤用明黃色打出。

「這配件從何處得到。」

「我自身研發。」

「可有申請專利。」

「喲，其他大學也有同類軟件。」

「最靈光的彷彿還是人腦。」

「可是儲藏量不夠大，搜索速度不夠快，這軟件是電子機械科功課。」

中午已過，史璜打算睡一覺。

「你先回去吧，小李。」

「這換頭實驗，成功後有什麼計劃。」

「沒有長遠打算，大部份科學實驗不過是好奇，富蘭克林引電，不是打算用之點燈，日後發展，誰也不知，你想想，人類鑽研學問，苦幹數十年，然後，經驗與學識全隨肉身而去，多麼可惜——」

「可是換過頭顱，多麼可怕。」

「內科手術切開人體取出內臟修理，當年也匪夷所思。」

「說不過師姐。」

她打個呵欠。

小李告辭。

年輕精壯的他永不言倦。

第二天，是到期探訪王家日子。

史璜躊躇。

已經發生衝突，有過齟齬，難道還能若無其事老着臉皮出現？

她對小李說：「我不打算出現，你一個人去吧。」

小李笑出聲，沒想到她如此孩子氣。

「很好笑嗎。」史璜不忿。

「我一生最尷尬的事，是重讀大學二年級，同學們都升上，獨我一人與師弟妹作伴，整整一年，頭也抬不起，羞愧地捱日子，但今日想來，真是小意思。」

「皮越練越厚。」

「經一事長一智，後來，每次失戀，都像打過預防針。」

史璜詫異，這男孩會失戀？條件優秀，女生追上還來不及。

「今日，已練成金鐘罩，銅皮鐵骨，百毒不侵。」

史璜看着他，「那多好。」

「來，師姐，一起若無其事上門看訪小目明。」

「那孩子兇狠，我不喜歡。」

說是那樣說，還是出發到王家。

在門外躊躇一會，王太太出門迎接。

「史姑娘，我特地做了紅絲絨蛋糕給你。」

走進店內，看到小目明號啕大哭。

「什麼事，什麼事？」

醫生正替她換藥，手背腫得似蛋糕。

王先生沒精打采，「頑皮，伸手進烤箱，熨到。」

醫生勸說：「大人不要緊張，不要流淚，以後小心便是，你們的悲切情緒會影響孩子。」

小李點頭，手肘推史璜一下。

史璜卻看不得孩子哀哀痛哭，站起，做一件眾人意想不到的事。

她脫下一隻球鞋，走近那一列烤箱，「是哪一隻壞東西欺侮我們王目明，是你嗎，抑或是你，一定是這隻放得最低的了，好，我來懲罰你，」大力用球鞋打烤箱，嘭嘭聲，「看你還敢不敢作弄小孩！」

大家看到史璜用如此笨拙滑稽手法安慰小孩，都站着發獃。

這是什麼教育！

一百年前，家長都放棄不用，應當勸孩子們小心廚房用具才是呀。

但是你別說，還真管用，小目明呆呆看着，小小心靈覺得大仇已報，漸漸止哭。

她搖搖擺擺走到史璜面前，抱住她雙膝，表示感激。

史璜居然說：「別客氣。」

一個飽讀詩書，不苟言笑科學家，碰到幼兒，不過如此。

陌生的醫生先笑出聲。

小李連忙解圍，「沒事沒事。」

王媽抱起她的目明，「繼續做生意。」

看熱鬧顧客點頭嘆曰：「還是古法奏效。」

史璜把鞋穿上。

在車上小李說：「佩服佩服。」

史璜一邊吃蛋糕一邊說：「當心我打你。」

「我怕，看樣子你掌握了許多古方。」

「不許打孩子，你說怎麼管教。」

「我馬上寫一篇兒童心理報告。」

「此刻小學不准擁抱，也不許打罵，冷冰冰，怎麼辦好。」

小李知道此刻再與史璜爭是十分愚昧之事。

史璜與那小孩已產生濃厚感情，幼兒受傷，比她自己還傷痛，看她表情就知道。

「你不考慮疏離一些？」

史璜這時冷靜下來，「我會盡量控制自己。」

「這是惻隱之心，人皆有之，若干陌生人會冒生命之險衝入火穴救出孩子。」

史璜喃喃說：「人類。」

「目明快上幼兒班，王先生請你推薦一下。」

「我不想越俎代庖。」

「王先生說：他們夫妻連小學都沒上過。」

什麼，但那麼頭頭是道能幹經營一家小店。

「他們不過能夠閱讀報上頭條。」

而史璜，也不過只希望可以閱讀雨果法文原著《悲慘世界》。

學海無涯，其實相差無幾，人品，與學識無什關係。

劉祖師挑選王氏做目明父母，真有智慧。

小李說：「想像中，王氏夫妻會（一）特別注重目明功課，（二）任其自由發展。」

史璜不加思索，替目明在植秀機構幼兒班選讀：沒有功課，只在班上教一二三四，a pen and a man，不用穿校服，只套一件罩衫以資識別。

王太太不捨得離開女兒，一直在校外等目明下課，教師苦勸整個星期，她才忐忑回家。

史璜看在眼內，在報告中這樣寫：「父母取得諾貝爾獎，卻抽不出時間陪子女，有什麼用。」

小李詫異師姐如此偏激。

史璜是棄兒，得不到的才是最好的，她迷信親情。

一上學時間就滑不留手。

小目明很快學會跳繩、捉迷藏、摺紙、一十一等於二，記得說「謝謝」與「請」，不得爭先恐後、拍打同學……一切將來都有用於社會。

史璜充滿希望地問：「老師可說她特別聰明。」

王太太遺憾，「沒有，但稱讚目明樂意幫同學，看到同學哭泣，立即上前安慰。」

史璜說：「有同情心的好孩子。」

王先生說：「沒想到女兒那麼勇敢。」

史璜的心一動。

是，是她們三人向劉祖師要求三胞胎勇敢。

目明長得可愛，不是那種下巴尖與懂得撒嬌的可愛，圓面孔的她剪妹妹頭，天真活潑，一些老師覺得她好動，另一些，喜歡她熱鬧。

性格漸露，父母並無嚴厲抑壓，目明是開心小孩。

不知心潔與耳聰如何。

心潔必然進入貴族學校。

耳聰呢。

小李說：「我失去舊時聯絡，那某線人移民去了。」

史璜也不好勉強，三人之間根本不應有任何聯絡。

她與小李兩人有空時，在小店吃一頓晚餐，成為熟友。

「幾時有空，帶女友出來。」

「我沒有女友，傷心次數太多，放棄。」

「誰相信。」

「史璜，越與你熟落越發覺你是個普通人。」

「小人，近之則不遜。」

「是，是。」

「我們得抽空見一次劉爺。」

「對，好些日子，只能與他近身秘書聯絡。」

「怎麼會忙到那樣。」

一夜下大雨，不可開交，如天穹穿孔，嘩啦聲不絕。

小李電話：「璜，我上來一下。」

他渾身淋濕，像落湯雞，在門外便說：「璜，三胞胎計劃宣佈取消。」

史璜呆住。

確是大新聞。

「到此為止，賠償我們三年薪酬損失，條件是永久保持秘密。」

「由劉爺親自對你指示？」

「不，是機關副首腦。」

「植秀機構本身呢。」

「一切不變，但劉師主持的所有計劃關閉。」

「你先進來擦乾頭髮。」

「我整夜設法聯絡劉師不果。」

「小李，三胞胎的研究，最終目的何在？」

「不是先天與後天嗎。」

「我不再相信。」

他擦乾頭與肩，脱下濕衣，用毛巾遮身。

師姐弟倆發呆。

小李斟出白蘭地。

不久，正式通告傳至：目耳心計劃即時解散停止。

為什麼。一個巨大問號。

「植秀從前也試過中止研究計劃，多數因為經費不足，或是沒有足夠結論。」

這是事實。

小李頹然，「那些報告——我們必需全部交上銷毀。」

「報告上並無機密。」

「我們這種螺絲釘不知詳情。」

「只得放開懷抱：天下無不散之筵席。」

「我們可以繼續接觸那三個孩子否。」

這時，電話響不停。

是久未見面的另兩位保母，路斯震驚：「收到消息，植秀計劃解散，我們恢復自由，可以隨時見面了。」

河川更加不知如何措辭：「太過突然，我正全心全意投入。」

「知會助手沒有。」

「他們一得到消息，立刻轉到立康化工，決不浪費時間。」

新一代。

「我們聚頭見個面吧。」

「是該訴一訴衷情。」

「情緒還好嗎。」

「我們三人一向樂觀，不過，始終像踩空一級樓梯，心裏一離一窒，站定腳，才知險些摔跤。」

「三個臭皮匠，也許可以推測到什麼。」

「劉爺呢，應當親自出來交代。」

「他不是逃避現實那種人。」

「約在何處見面。」

「我知道一間麵包店……」

河川與路斯才下車，便看到史璜帶着一個小女孩在店門口等。

一進店門，新鮮麵包香氣盈室，她們身不由己，「可以吃一個嗎」，取一個咬大口。

王氏夫婦笑臉迎人，請她們坐下喝茶。

河川悄悄說：「三個孩子一模一樣。」

「總有些識別吧。」

路斯搖頭，「連笑聲都一般爽朗。」

這時目明要求玩遊戲，並以小麵包作賭注。

路斯取笑，「當心把店裏麵包都輸掉啊。」

小目明不忿，忽然趨近，放沉聲線，這樣警告：「Be afraid, be very afraid。」

路斯一怔，走到角落，再也忍不住笑，乏力蹲下，笑得落淚。

只有小李與史璜司空見慣小目明頑皮，沒有異樣。

「啊，」河川說：「太可愛了。」抱緊緊，「厲害厲害。」

「每個家庭都應該有如此詼諧小朋友。」

「王氏夫婦真幸運。」

「目明也好運。」

「史璜，想不想有一個孩子。」

「始終責任太大，而且，她們三個是烏托邦兒童，不同常兒，聽說一般小兒，如同前世債主一般，半點不饒大人。」

路斯這時才看到小李，「咦，你是誰？」

小李尷尬。

史璜介紹：「我助手李志強。」
「咦，」河川不解，「你還沒有急着找新工作？」
小李聽見史璜提到他名字，頓時精神一振，原來史璜記得他名字。
他們吃飽麵包，客套告辭。
三女均無家庭，忽然有失落感覺。
史璜開口：「去——」
「何處？」河川接上。
路斯說：「連歇腳處也無。」
小李一怔，她們三人說話，像預知對方心意，一句話可以三人接着說。
史璜說：「我們買些菜，到我公寓說話。」
「也好。」
到熟悉海鮮檔，選購龍蝦、石斑、蜆仔。
小李咕噥，「十二両當一斤……」
路斯在他耳邊說：「小弟，人清無徒，水清無魚。」

小李如醍醐灌頂，「是，是。」

忽然多出兩名姐姐，樂不可支。

回到公寓，先把海鮮養在浴缸，然後四人設法找劉師公。

小李本事通天，自詡大國國防部終端電腦也難不倒他，但卻找不到劉爺蹤跡。

四人覺得不安。

史瓚輕輕說：「一點電子足跡也無，如消失似。」

她到廚房做龍蝦與蒸魚。

小李對於師姐居然入廚，十分訝異。

三女合作手腳快：你進我退，你煮水我調味，一下子做妥。

三女都注意飲食，只吃一點點米飯，一隻蝦鉗，其餘都益小李。

小李自告奮勇：「我出去買水果，十分鐘即回。」

三女席地而坐，交換三孩近況。

「我打算照舊依月探訪。」

「不必公開她們身份，循例在旁協助。」
「新月郵孩子，可覺匱乏。」
「才不，她會自己製造玩具，母親教她做布製玩偶，似模似樣。」
「怎麼可能！」
「紐扣當眼睛，襪子做身體，毛線是頭髮，我幫她放到網上出售，三十元一個。」
「哈。」
「那麼，心潔呢。」
「心潔苦練小提琴，真可愛，小小四分一尺寸提琴，一支琴弓就要萬多美元，唉，豐儉由人。」
「三女總有些差異吧。」
「她們愛笑、樂觀、乖巧，自一個模子倒出，環境，即後天，改變不了本質。」
「但，」史璜輕輕說：「世上，有命運這回事。」

「都說性格，注定命運。」

「命運是先天與後天均不能控制之事，冥冥中有所注定，一個女皇的命，千萬劫難都擋不住。」

「喔唷，你還算科學人才嗎。」

「她要轉行做鐵算盤。」

那邊，小李正在水果攤挑哈密瓜。

他的電話響。

一按下，整頁都是！與？

是他的線人傳來。

「什麼事？」

線人不出聲，接着電話上出現一則佈告。

小李一看，手不能握緊，電話摔到地上。

「先生，不甜包換。」

他拾起電話讀佈告。

「植秀研究院沉痛公告：本機構副社長及資深教授劉今平於本月三日不幸辭世，照其遺願不設儀式，已於五日火化。」

什麼。

小李雙腿無力，忽然坐倒泥濘。

水果店主連忙來扶，「先生，你沒事？」

小李耳畔嗡嗡作響，他掏鈔票給檔主，卻忘記拎水果，把水果抱懷中站起，又掉下電話。

他發狂似奔回史璜住宅，一邊狂叫：「史璜，史璜——」

她們在門口等他，亦已接到電訊，戰慄、無言，淚流滿面。

四人回到室內，鎖緊門，一聲不響。

遠方有警車與救傷車嗚嗚聲駛過，小李掙扎着走近把窗簾拉密。

他進浴室套上浴袍罩住髒衣服，用熱毛巾敷臉，喝半杯拔蘭地，「我先回家休息，明早再見。」

「別開車。」

「行。」

他離開之後，河川最鎮靜，雙手停止顫抖。

「什麼緣故，為何忽然離世，何種疾病，為什麼守得如鐵桶，實驗怎可沒有人承繼？」

史璜答：「我很累，想先睡一覺。」

「我倆今夜不走。」

「我不是逐客。」

「那麼，大家刷牙睡覺，大學時睡袋還留着吧。」

史璜睡床，其餘二女擠地板。

沉默良久，三人都沒睡着。

個多小時後，史璜終於說：「路斯，說說你與小心潔的故事。」

路斯比起其餘兩個保母朋友，又要娟秀些，她有一把特別沙啞低沉嗓子，一聽便知是她，有性格。

她記得六年多前，一抱上心潔，便不願放下。

女性柔軟臂彎，彷彿為嬰兒所設。
她把嬰兒抱往山上面海獨立小洋房。
雖說都會居住環境甚差，空氣混濁，擠逼不堪等等，金錢仍然有用。
小洋房門口路旁一組高大影樹，樹頂火燒般正開滿紅花，美不勝收，門口，是一列矮身梔子花，香氣撲鼻，哪裏有都會煩囂感覺。
鄧先生太太在門口迎接。
路斯笑着走近。
這對夫婦，想必什麼都有，獨欠一個嬰孩。
接近一看，啊，真是一對璧人，斯文有禮，談吐溫文，鄧先生不顯老，鄧太太媚美。
「路小姐，請裏邊坐。」
鄧先生先開口：「可以看看嬰兒嗎。」
兩夫妻接過嬰兒，目光再也離不開。
穿白衫黑褲的保母也走近。

鄧氏夫婦坐下，不能說話，默默看着懷中小小蘋果臉，感動得眼鼻通紅。

他們有律師代表，簽署各種文件。

律師輕輕說：「路小姐，心潔這個名字——」

路斯聲音更低，沙啞嗓子如訴說秘密：「心潔這名字不允更改。」

「不能叫鄧嬰嗎，寶貝女的意思。」

路斯微笑，「孩子們名字越不顯眼越好。」

「明白，我會同他們說清楚。」

路斯有依依之情。

律師微笑。

鄧太太的助手送上禮物給路斯。

「啊，我不便收禮。」

「路小姐，希請笑納，並非名貴物品。」

路斯打開，是一枚小型亨利摩亞母子銅製雕塑，高呎許。

「謝謝路小姐成人之美。」

「不客氣。」

開頭，以為雕塑是仿造品，回到家仔細一看，發覺是大師初塑造型，價值極高，真是名貴中名貴物品。

又不好意思再送回，只得放書房。

每次友人探訪，皆驚訝不已，「噫，年月日簽署編號鑄造廠名稱皆全！」

這時路斯被送到門口，嬰兒忽然呵呵聲學語。

鄧先生自言自語：「好，好，我知道，你有意見可是，我們父女慢慢商量，我完全明白……」

小小心潔，會得幸福。

路斯心覺安慰，那幼嬰，鼻子臉腮還在褪皮，已獲相當尊重。

中年司機有感慨：「富有，真好。」

「你愛子女，也已經足夠。」

「是，是。」

但富足人家，可以多置許多廢物。

一日，鄧家在客廳添多一張破舊木製長桌，上邊密密擺滿紫色溫室蘭花，怕有幾百朵，忽然花束一點也不俗氣，美不勝收。

又一日，悠揚琴聲傳出，啊，是一曲玫瑰人生，走近圖畫室，看到一架三角小演奏鋼琴，紅黑兩色，是中國漆器顏色，鄧太太纖纖十指飛舞，她笑容滿面，把小嬰擺特別座椅置身邊聆聽，不久將來，定可母女合奏。

路斯每次探訪都可獲贈小小瓷盒中載着的巧克力。

心潔出落得如小美人，並無過份裝飾，亦不穿紗裙，鄧太太替女兒打扮素淨，多數穿水手裝，或是深藍小小裙子。

小人兒到懂說話時會走近路斯輕輕說：「路阿姨你好。」

總有各個補習老師跟着做功課。

老師說：「其實不需要補習，往往教到第五課她已自動讀第六課。」

中文老師比較舒服，她可自由自在教古文詩詞，「扶搖直上九萬里」……

路斯嘖嘖稱奇，九萬里，那可已經衝破大氣層，志向不低，又教「腰纏十萬貫，騎鶴上揚州」。

鄧太太不喜，換一個中文老師，總算有了「唧唧復唧唧，木蘭當戶織」。一次，小女孩對路斯說：「我喜歡木蘭，叫我木蘭。」笑得路斯彎腰。

小心潔漸漸頑皮。

鄧家笑聲不斷。

心潔還有一間英式喬琴精緻玩具屋，裏邊人物家具全備，做工考究無比。

心潔發明一種玩法，她把小小人型都放一隻圓形自動吸塵機上，四處遊走，大人問：「心潔，他們去何處」，她答：「去獵戶星座呢。」

路斯為之絕倒。

不知目明與耳聰是否也如此淘氣。

小女孩的玩具甚多，軟娃娃圍着床四周排排坐，「幹什麼」，「等看醫生」，也知道民生疾苦。

鄧家寬大，床、沙發、書櫃，全部四面臨空，無一邊貼牆，除此之外，家具並不見得顯眼，他們不炫耀。

兩夫妻都忙，好幾次，路斯探訪，與心潔單獨相處，兩人可以靜靜相對。

路斯與心潔下國際象棋，十次九次輸給小孩，每次慘敗，心潔會過來擁抱她一下以示安慰，路斯只好笑。

其實在同樣時候，目明也喜歡看星象圖，富有家庭只不過道具多，她要是看到心潔那具古董八大行星自動運轉模型，也一定喜歡。

心潔也與路斯談家事。

「有一個人，常惹父親生氣。」

路斯最不喜歡大人在孩子口中打探消息，故不語。

「那人每次與爸爸說話，爸爸都會很生氣。」

嗯。

「媽媽叫我躲遠，不過，我還聽得見那人吼叫。」

啊。

「最近，那人再來，爸不讓他進門。」

可以想像，那個人，是個窮兇極惡的親友，吼叫與跳躂目的，是為着索錢。

還會是為着何物，親情乎。

這種人還是很多的，只能籠統稱之為壞人，聲音大，説話內容一定帶恫嚇威脅意味，接着，會動手摔爛東西，細心的路斯發覺高几上一對藍花美人聳肩瓶已經不見。

嚇着小心潔就不那麼好。

奇怪，植秀機構已做過鄧氏家庭背景詳細調查，怎麼沒看到這個人，真是防不勝防。

再過一年，心潔已可以與母親並排坐鋼琴前，彈出《愛我溫柔》流行曲。路斯特別喜歡如泣如訴的這首歌，身不由己坐到琴椅，一起彈起和音。

鄧太太開心得不得了，心潔笑呵呵。

至今，路斯還似聽到她們母女銀鈴似笑聲。

「路小姐，真沒想到你琴技高超，請留下吃了午飯才走。」

雖於規矩不合，路斯也欣然接受。

「路小姐的助手呢。」

「他辭職，赴英繼續升學。」

「路小姐本人留英還是留美。」

「我是聖三一學院。」

「失敬失敬，同鄧先生可是師兄妹。」

保母忽然插嘴：「太太說這些幹什麼，快些替路小姐介紹男朋友是正經。」

路斯一怔，被看穿啦，鄧宅上下都知她沒有伴。

鄧太太不好意思，「對不起，路小姐。」

路斯微笑，「多謝關心。」

「這樣品學兼優的你，又喜歡孩子，為什麼還沒有結婚。」

路斯答：「過獎，我也不知為何對成家不特別追求。」

「可悲的婚姻也實在太多。」

路斯只得微笑。

這時心潔打開音樂盒子，樂聲叮叮咚咚，她擁有許多音樂盒子，可是所有盒子發出的簡單樂聲，都有種說不出寂寞感覺，有時甚至淒清，故此一直有種遺憾的魅力。

路斯側耳細聽，暗暗嘆息，那支小曲，叫《愛之悲傷》。

心潔吃飯不大爽快，大家等她。

忽然門外傳爭吵聲。

「給我進門，我要見我親兄長！你們是什麼東西，把我攔在門外。」

鄧太太立刻站起，拉着心潔，飛快上樓，伸手招路斯，示意她跟她走。

路斯聽見自己說：「我不怕。」

她不怕恐怖分子。

凡是令旁人不得好好安樂生活的人，全是恐怖分子。

保母見路小姐撐腰，定下一半心。

「路小姐當心，那人很兇。」

傭人打開門，隔着鐵柵看那人。

長相是跟鄧先生很像，並不難看，但形容不出的猥瑣，眼若銅鈴，推打攔路司機。

路斯揚聲：「鬧民居鬧事的是什麼人。」

那人轉過頭暴喝：「你又是誰？」

「你在此不受歡迎，再大聲吵鬧，驚動鄰居，他們都會報警。」

「用警方嚇我？」

「你是男人有手有腳，又有——」聖三一畢業的路斯忽然說粗話，「在人家門口瞎吵什麼。」

那人怔住，司機趁勢把他推離門口。

這時，鄧先生匆匆趕回下車。

那人見到正主兒到了，放下別人，趨向前理論。

保母連忙拉開路小姐。

鄧太太握住路斯手，「路小姐路見不平。」

路斯說：「生平最憎恨男人欺侮婦孺，是我多事，對不起。」

不到一會鄧先生進屋，向路斯道謝。

那麼快解決，當然是因為爽快付款。

「讓路小姐見笑了，司機，送路小姐到家門。」

路斯點點頭告辭。

小心潔握住她手。

「別怕，心潔。」

「我不怕。」

路斯微笑，「我也不怕。」

勇敢因子啟開作用。

鄧太太可不那麼想：「路小姐你進出當心。」

「那人不過是求財。」

「每次都說是最後一次，最近要求分家，說全是父親留下，兄弟各一半，

其實，鄧父並沒留下什麼。」

路斯告辭。

以後，每月探訪，再也不提那日之事。

一切平靜，鄧家只多僱用一名保鏢。

想那人不過是求財。

路斯的新助手說：「有錢人也有煩惱。」

路斯說：「年輕人，那麼，你是否坦蕩蕩。」

「當然是囉，明日發薪，我口袋還剩五百元，哈哈哈。」

路斯佩服他。

其實，她也只得三個月糧餉的積蓄，多餘的全捐給宣明會。

她沒打算結婚，她的好友史璜與河川也一樣想法，嫌家庭煩瑣，處處要為另一人着想，有時，很大機會不止揹一半責任，無比吃力，又還得顧住另一半的自尊心。

男子自尊之難纏，看英維多利亞女皇與阿爾拔親王的關係便可知，都是史實：那親王住妻室家，衣食住行全靠女方，子女全由女家撫養，他尚且日夜作吵，心理不得平衡，處處要女皇遷就，連女皇保母也得轟走，給他一些權柄，他又順着桿子上，作威作福……

路斯不討厭男子，看到漂亮男生，也會注目微笑，眼睛吃糖果嘛，可是一想到要挑終身伴侶，頭都痛，終生！

誰敢輕言終身。

可是轉瞬也過了半年。

加入植秀機構已超過十年，薪酬與福利都一級，最主要是工作一點不枯燥，劉祖師總有稀奇古怪題目派下，同事間亦和睦，尤其是史璜與河川，下班後幾乎每天孵小館子聊天。

植秀機構一直半神秘地做各種人類生理及心理研究工作。

主要客戶是藥廠與經濟學家。

經濟學家！

是，民眾若身體健康，心態樂觀，生產能力跟着強健，一個城市的經濟能力也跟着飛升，接着經濟大好。

她們也談論過這個大問題：「天生遺傳因素，有人樂觀，有人悲觀，這還不打緊，最慘是氣餒，動輒放棄，瑞典在上世紀做了一個報告：一個成功的人，最主要的質素是什麼？」

「聰明、美貌、勤工、出生富庶、勇敢、鍥而不捨……」

「都不是，原來是容忍。」

「即好脾性？」

「正是，你想，世上不論什麼工夫，都得慢慢磨煉，所謂台上一分鐘，台下十年功，任何工種，都不可能一步登天，人類的教育過程尤其折磨，小中大學，再讀研究院，像我們做這個報告，要二十年才能完成，不能少半點耐力，若動輒煩躁，與上司同事合不來，認為是浪費時間，調頭找捷徑，哪得成事，故此必須苦苦容忍生活上的挫折與不便。」

河川這番理論，倒也有根有據。

「最苦的是寫作吧，逐個字做，且不知何日何時收到報酬，據說托爾斯泰未成名時在嚴冬寫到手指結冰。」

「嘿，愛迪生與他的實驗室工作——」

「那，即是鍥而不捨精神。」

河川說：「我有一個問題：為什麼要做一個成功的人，做一個普通平凡人：市民或老百姓，不是更加愉快。」

「噓，隔壁一桌有幾個年輕男子正上下打量我們。」

「快走吧。」

三女立刻站起到櫃枱付賬，叫那群異性徒呼荷荷。

她們從不花時間精力約會。

「打扮好了赴約，還要患得患失，不如努力工作。」

什麼什麼節，女同事收花，辦公室如清香花店，路斯暗暗訕笑。

她從不接受異性討好，只覺虛偽、假殷勤，她天性如此，假裝不來。

有時也覺得自己奇怪。

像上司劉教授，他們三女都覺得是無懈可擊人才：英軒、有學識、大方、和煦，笑的時候尤其好看，河川形容：像烏雲邊透出金光，可是，尊敬管

尊敬，欣賞管欣賞，卻從來保持距離。

她們的態度也備受讚賞。

自從新計劃開始，她們三人是生疏了。

不允見面討論交換意見，這是什麼苛刻規矩。

私底下還是得到若干訊息：史璜十分投入工作，與那孩兒建立友誼，小傢伙成為她生活重要一部份，走過幼兒物資店舖，她會被吸引，噫，這件衣服適合小目明，那件玩具她會喜歡……

幼兒的指定名字也好聽：叫目明，誰說不重要，做人，至要緊招子明亮。

路斯與心潔的關係何嘗不親密。

一日，心潔說：「媽媽說，我們或許搬家美國加州。」

路斯一怔，什麼，那是一個沒有四季，相當枯燥地方，換是她，會到歐洲。

她衝口而出，「什麼時候。」

保母聽到，接上：「十劃沒有一撇，太太說讓心潔學好讀寫中文才走。」

路斯點頭，真要學，那五千年文化恐怕三輩子也不夠。

幾年觀察：不，心潔並非天才級，她相當聰穎，也有耐心，自律甚佳，通常，自動把生字寫十遍，直至不忘，不過不是天才。

路斯見過天才兒童，才七歲，看到測驗她的數學老師在黑板上密麻筆記，便指出錯誤：「難怪你得不到結論」，老師不忿，讓她來做，她毫不猶豫在黑板上寫將起來，位置不夠，踏上椅子，寫到高處。

這是天才。

快樂嗎，不知道。

那是植秀機構另一組研究。

據說有一個數學天才，一生只為解答一條公式，釋出，他寄去給植秀，然後選擇自殺身亡。

路斯為此耿耿於懷。

三人蜷縮在史璜的小公寓內，根本沒有睡好，只是沉默，每人以為其他兩人都已憩睡，不便出聲。

「喲，」路斯說：「口腔又臭又苦又乾。」連忙漱口。

史璜擠進小衛生間洗臉，忽然想起昨夜的事。劉教授已不在人世，她再也忍不住淚流滿面。

河川也悲傷不已，「我們怎麼辦，忽然失去師尊，不知何去何從。」

三人頹然，不思茶飯。

「一個字指示也沒留過我們。」

「現在有空了，可以結婚了。」河川真詼諧。

有人按鈴。

史璜說：「我助手小李。」

「你有福氣，他仍在你身邊。」怪羨慕。

小李拎着食物進來，「三位師姐，喝些白粥。」

他自己大口吃怪香甜粢飯油條。

活着的人還得繼續活下去。

史璜雙手始終冰冷。

「師姐們，有何打算。」

「我預備繼續觀察孩子。」

「師姐，我們已無經費，時間得用在別的地方維持生計。」

「至少還有三年。」

「千里搭長棚，無不散筵席，我們也不知終究劉教授要何種答案，根本上先天與後天影響不可分割……」

「我們放不下孩子。」

「可以如常探訪，不過我已決定，不做詳細記錄，也不再關注她們生活情況：什麼目明咳嗽，但耳聰無恙之類。」

「小李，去打探有關劉教授的事。」

「聽說他所有筆記已經銷毀。」

「什麼，那是他畢生絕學！」

小李感慨，「聽說他把所有記憶匙丟入腐蝕液體。」

「為什麼。」

「萬念俱灰。」

「他不是那種人，」路斯握拳頭，「或許是一宗謀殺案。」

「坐下，冷靜。」

史璜也站起，「我要去探訪目明。」

「現在，我們可以同時見到三個孩子了。」

「我們也去。」

河川說：「不如先探訪耳聰，你們對她最陌生。」

史璜作主，讓小李帶水果到新月邨。

地方是不能比，新月邨樓房比較殘舊，街市就在廣場，無遮無掩，肉食檔白天也開着紅燈，照亮掛着肉類，混和灰塵，昆蟲飛揚，買主還可以伸手觸摸、挑選，賣肉漢光着膀子，叼着香煙，揮着汗，切肉是那隻手，收髒鈔票的也是那隻手，吆喝着，「要多少？」

一分價錢一分貨，史璜與路斯面面相覷。

小李說：「我小時不知吃過多少這類店檔肉類，最新鮮不過，有一種西施骨，煲青紅蘿蔔，最美味。」

眾聲嘈雜，有人在路旁爭計程車。

史璜看到半隻死豬，連頭帶尾，就那樣躺在行人道，一時沒人搬移。

她們找到門牌，按鈴。

路斯這才想起，「知會過主人沒有，他們可有電話。」

河川笑笑，「河川，這裏不是英仙座，萬多人住在這個屋邨。」

門打開，一個短髮中年婦女笑着稱呼：「河姑娘到了，還帶着朋友，小耳聰準備茶點招呼你們。」

史璜心想：與麵包店老闆一樣笑容，同樣是好家庭。

「請坐請坐，地方淺窄，請莫見怪。」

突然多了三個人，的確肩膀碰來碰去，但很快各就各位。

一小女孩走近叫人。

史璜與路斯凝視，啊，一模一樣。

可愛蘋果臉，特別明晶雙眼，濃髮，天真笑臉。

「請過來喝茶。」

真是一模一樣。

不，不，也有許多不相似之處。

要極細心，與她們長久相處，才會察覺到。

一個人的姿態動作語氣，由百萬種瑣事組成，不可能完全一模一樣。

小耳聰走路，有時會跳一跳，那是目明所無，麵包店多工具人流，蹦跳會有危險，家長會說：目明，不要跳。

想像心潔父母更不允許這種動作，一定要站定定。

原來耳聰面前小摺枱擺出一套小小茶具，一隻碟子上有餅乾。

史璜高興，呵，辦家家酒，久違啦。

她們幾個阿姨各自取過小茶杯作喝水狀。

太瘋狂可愛了。

不一會，小李趕到，一見茶座，便問：「我有份嗎。」

小耳聰見各人如此配合，非常高興，「大哥哥，坐這裏。」

她讓出小小摺櫈。

小李連忙坐下，櫈子太小，他坐歪，一跤跌地。

河川「啊唷」一聲，想去扶。

但小耳聰比她快，雙手拉住小李起身。

小李臉紅，「是我失禮，對不起。」

耳聰問：「大哥哥可有摔痛。」

史璜與路斯交換一個眼色，不幸災樂禍的好孩子。

這時，一隻玳瑁貓輕輕走出，咪喵一聲。

看，是有不同，這一家多一隻寵物。

他們沒有在陳宅久留，翻一下功課便告辭。

耳聰握着河川的手依依不捨。

那隻貓，坐到河川鞋面不動，河川輕易可以把牠帶走。

真是一頭溫暖人家。

陳太太送到門口：「常常來，不用買禮物啦。」

史璜輕輕摸自己臉頰，怕不自覺流淚。

河川愉快說：「功課一樣全部甲級，毋需補習。」

「小李，多謝你幫忙。」

「我也好奇。」

「三個孩兒是否一模一樣。」

小李忽然扔下一句：「你們三位姐姐何嘗不十足相似。」

三人一怔，「小李打趣我們。」

「年紀性格相似：直爽熱誠，又都在植秀機構工作，又志同道合尚沒結婚。」

「去，去。」

這小李，自以為有觀察能力。

探訪結束，四人茫然。

他們輕輕說：「去劉教授辦公室看一看。」

那處他們去慣去熟，學生時期已習慣打躉，不料，在走廊轉數次，竟找不到辦公室。

小李不忿，把老管理員找出問話。

老先生看到他們，這樣說：「前劉教授所有團隊已經解散，你們回來幹什麼。」

「他的辦公室為何消失。」

「不過是把門封起，改為牆另一邊出入，不過，已經成為貯物室，我可以帶你們看。」

走到另一邊，門打開，果然是雜物室。

史璜驚問：「他的檔案與其他物件呢。」

「已全部搬走。」

人走茶涼，實在過份。

他們頹然。

「你們還不找新工作？聽說植秀機構給你們最佳推薦信。」

他們向老管理員道謝。

小李咕噥：「煙飛灰滅。」

「人人最終如是。」

史璜說：「真的什麼都沒留下。」

河川說：「走，我們喝酒去，唯有飲者留其名。」

史璜同小李熟稔，攬住他強壯身臂不放。

河川說：「小李子，有無想過追求史姐。」

史璜白她一眼，「沒喝就醉。」

小李笑笑不出聲。

他們在小酒館喝得痛快。

丟了工作，第二天可以自然醒，多嚮往的事。

酒館裏照例有人搭訕，有些是常客，態度熟練，對白生花。

寂寞的人找寂寞的人，可以摟着一起離去否？

史璜她們覺得不可能，她們怕髒，這種感覺，也許種因子裏，三人也從來不吃街邊檔小食，一些手工食品，從一雙黑墨墨手傳到另一雙，又暴露在日光下曬過三日三夜者，吃了成仙也不吃。

她們是文明的、乏味的、沒有情趣的女子，旅行，從來不去馬丘比丘或阿泰卡馬，近日放棄歐陸：實在太擠太亂。

她們只在一隻小小盒子裏生活，這是小李對她們的印象吧。

如今，失去劉師傅，她們無所適從。

河川慵倦問：「我們到退休的日子沒？」

「還遠着呢，接着喝。」

不久她們三人合資組織一個補習社，小李任秘書。

在活化工廠大廈租一間間廠房，全部鬆白，添簡單桌椅，牆壁便是投影黑板，暫時先招生十名。

他們挑沉實安份的初中生，前來補習，不因功課落後，而是想更進一步。

其實功課由丙進乙易，由乙進甲難，但三人補習社捨易取難，由教博士生的老師教中學生，輕而易舉。

中學程度的中英文，數理化，要成績好，只有一個秘訣：勤力，坐定把所有功課做出便成。

補習社靜，大人專注陪着寫功課，又授以一些高級簡化秘訣，學生很快得心應手。

只收十名學生，教一個學期，升上高中，學生就靠自身變通進步。

三人補習社有一塊牌匾，上邊寫着：。

史璜做了襟章，每個同學派一個，扣襯衫上。

那三個孩子，終於碰頭。

由家長送到補習社見面。

家長見到其餘兩個三胞胎，全部呆住，動彈不得。

三個小女孩卻像見到從未見面老友般，走近，圍成一堆，伸手摸彼此面頰，似想證明「呵你是真人，為何與我像照鏡子」。

心潔穿得考究，小小合身深藍色 pea coat 大衣，目明穿格子套裝，耳聰的外套大了兩號，想是二手貨，但三人氣質無異，笑臉迎人，十分友善。

看樣子，環境，並沒有改變她們先天本質。

孩子們已經七歲。

三歲定八十，看情形，性格不會大變，抑或，另有變數？

可惜，關鍵之際，劉教授已不在人間。

女孩的家長們說：「原來，他們是三胞胎，以後不寂寞了，兄弟姐妹眾多不一定表示良伴也多，但她們心靈相通，又不一樣。」

生命太奇妙，他們說。

女孩們不願離開補習社，彼此交換生活心得，語氣友善，手牽手沒有放開。

史璜感動，假如她也是友愛三姐妹其中一名就好。

但，隨即想起，她不是有河川與路斯嗎。

不由得微笑。

河川推她一下，「傻笑什麼。」

「讓她們聚頭的決定不容易呢。」

「長期瞞住她們可不公平。」

「劉教授不在，只得讓我們拿主意。」

「以後，每星期讓她們在補習社見一次面，直到成年。」

「如無意外，我們會完成報告。」

「答案是什麼呢。」

「後天改變不了先天。」

「那補習社有什麼益處。」

「我們不是有教無類，像一些私校，我們先經過篩選，然後才收肯用功學生。」

「同整個社會一樣，一旦落後，永遠差三步，是以家長們心慌意亂為子女爭先恐後。」

「小李，你在電訊世界可找到教授蛛絲馬跡。」

「這些年設法找遍第三層電網都無訊息。」

「可有請比你更專的專家幫忙。」

「怎會沒有，大家都氣餒，已在黑網底下又底下尋覓，打進密室，那處是光線都透不進的黑穴，仍無蹤跡。」

史璜問：「空氣也進不去？」

「孫悟空都進不到。」

「空氣管道就是神秘記錄與外接觸的密碼，你們一定可以找到。」

「正在研究，但團隊不認為劉師有遺言存在，公認他是那種幻化薔薇泡沫消失在空氣中人物。」

河川說：「這時，不由人不思念圖靈這種奇才，連希特拉密碼都可破解。」

小李說：「這話太不公平。」

史璜說：「我苦思劉教授。」

「你們三人，就沒想過追求他。」

「他在我們心目中代表師聖。」

「可有問過他怎麼想，他那麼喜歡你們，外間也有竊竊私語。」

「都是屁話。」

「喂河川，小心語言。」

「你們三人，一直未婚，不是為着他嗎。」

史璜伸手擰小李臉頰，「是為着你，好了沒有。」

大家笑得彎腰。

三胞胎十歲，小李子仍未找到沒有通往光線的密碼。

「小李吹牛無敵，做就乏力。」

「別這樣貶他，由他經營補習社賺錢呢，客似雲來。」

「心潔已教會其餘兩姐妹彈琴，目明教她們做麵包，耳聰告訴姐妹，買東西可以格價。」

「有人說，世上無黑白，只有許多層次的灰色，而其實所有選擇，不過在很壞與最壞之間挑一個，並無十全之法。」

「長大遲早會知道此理。」

「人生多麼可憐。」

「她們已經有不錯童年。」

「植秀為她們挑選的是好家庭。」

三個孩子在知道不是父母親生之後毫無異樣，也沒有問「那我的生父母是什麼人」，這一點，她們的意向亦相同。

「心潔會早一年畢業，鄧氏夫婦已為她挑選大學，預備入讀。」

「何處。」

「加州CIT。」

「何科。」

「天文物理。」

「我的天，將來預備巡迴各國巨型天文台，終身觀看星象研究宇宙是否日漸擴張……」

史璜苦笑，「那你已替耳聰選科。」

「美術。」

「咄，那是死胡同科。」

「讀書為增添文化。」

「餓肚皮是文化嗎。」

「如此傖俗，我與你割席。」

「讓孩子們讀實用科學，看，發明電鍋，有益社會。」

但，那不是她們的孩子。

王先生摸着後腦，「大學，你想過升學啊，目明要做好麵包店呢。」

什麼。

後天因素打上來了。

「目明自己怎麼想？」

「店堂已經交給她，她對麵粉種類、發酵、存放，都頗有心得，時常與我商量。我家麵包六時出爐，五時半已有顧客排隊，若干大酒店訂購我們的脆皮豬仔包已有三年，我們都不敢說是十歲小目明傑作。」

噫，在麵包店長大不做麵包做什麼。

「她如讀大學，王家就沒了生力軍，王媽是要哭的。」

小李說：「王家女兒王家教。」

史璜她腳跌。

陳家情況也好不了多少。

「在本地升學我們贊成，但養兒防老，我們不是要剝削耳聰勞力與收入，但老陳一直做勞力工作……這，耳聰照顧我們，也屬應該，她會讀書，讀完進政府做工，唷，特首也是苦出身，哈哈哈。」

小李問：「你想目明讀什麼。」

「建築與醫科都好。」

「你與所有父母心思差不多，但明顯地，目明喜歡做麵包，喂，行行出狀元。」

「豬仔包狀元。」

「璜姐你開始不可饒恕地勢利。」

奇怪啊，人的命運，一步步不可預測。

史璜長嘆：「十年，十年就如此飛逝。」

河川說：「我不是害怕，不是氣忿，我只是不明白：十年！」

女孩快要發育，三位養母都難以啟齒。

史璜在補習社做生理班，圖文講義並重。

她忽然察覺，女性受生殖系統控制一生，由十二歲開始，直至五十，十分吃苦。

河川說：「然後，就開始衰老，像骨牌如山倒。皮膚、眼尾、耳垂、胸脯都往下墜，處處打褶、起斑，食物無味、吞嚥困難、關節生痛、頭暈眼花，並且，都學會苦苦忍耐，不與人言，怕人家生厭。」

「我們不怕，我們三人，會互相訴苦。」

「不是相互鼓勵嗎。」

「面對現實，不是逃避，實話實說。」

三人苦笑至落淚。

「植秀社有的是荷爾蒙專家，可以向他們請教。」

「怎樣開口。」

「『我怕老，請救我』。」

也是辦法。

「可是，服食荷爾蒙添增劑，有一定風險。」

「是不是，一早說過，選擇，不過是在兩種邪惡中選其稍輕那宗。」

一日，路斯由補習社送心潔回家，碰到鄧家司機。

「路小姐，可否說幾句話。」

「不用客氣，請說。」

「路小姐，相信你也知道鄧家有那麼一個人。」

路斯一怔，「啊是。」

每一家都有一個那樣可怕，連名字都不好提的人，叫做家醜。

那人怎麼了。

「那人最近又出現，圍着住宅地界打轉，像是觀察什麼，偷窺什麼，比往時更張揚。」

「我能幫什麼。」

「路小姐，你是有見識有主見的人，你說，可應該報警。」

路斯答：「當市民覺得自身安全受到威脅，精神不安，又超過保護自身能力，當然應該向警方求助。」

「可不是，」司機嘆息一聲，「太太也這麼說，但是鄧先生卻堅持給那人顏臉。」

「這住宅四周均是私家地，有人闖入，造成威脅，報警不為過。」

「如此，我就聽從太太吩咐了，那人，夜半走近，在窗前張望，怪嚇人。」

這一次，鄧先生拒絕再付出款項。

心潔已走進室內。

鄧太太迎上，「心潔，回來了，麻煩路小姐。」

路斯輕輕說：「方才司機向我說有人騷擾民居。」

鄧太太無奈，仍然斯文，「家家有本難唸的經。」

「那人為何需索無窮。」

「說是有家有孩子，要親人幫着養。」

「這人什麼年紀。」

「五十三歲。」

「啊。」

「他有不良嗜好，始終戒不掉，所有補助，如泥菩薩入海。」

這還是鄧太太第一次説起。

就在那個時候，她們聽見玻璃碎裂聲，警鐘響起，兩個男子自書房打鬥滾出，一個是保鏢，另外正是那個人。

事情發生得那麼快，保鏢已一身鮮血，那人把他一腳踢開。

追出的是鄧先生，但那人已一手抓住鄧太太，刀架在她脖子，一拉，割破一道口子，鮮血流出。

路斯像看警匪電影，萬分驚嚇中反而鎮靜，在警鐘尖鋭鳴響中高聲叫：「放下刀，警察立刻就到，不要再傷人。」

那人歇斯底里紅了眼睛，「情願養外人也不照顧親人，活該——」

他沒有把話講完，忽然張大嘴，卻叫不出聲音，手鬆開，卜一聲，利刃掉地下，他扭曲五官，眼珠如要脱出，接着，整個人跪倒地下，不動。

路斯看到心潔站在身後，抱住母親，鎮定地說：「不怕，警察來了。」

是心潔把一把切肉刀插進那人腰間。

心潔救出鄧太太。

路斯受驚過度，頭暈眼花坐倒在地。

警察與救護人員都已趕到。

接着的事，路斯如被一大塊烏雲罩住，聽不清楚，看不真確，她只知道握着心潔的手不放，直至女警耐心勸她放手。

然後，覺得疲乏，閉上雙目休息。

後來，才知道她已昏厥，一併被送入醫院。

醒轉時，脖子上縛着紗布的鄧太太坐在床邊看視。

「路小姐，對不起。」

「你怎麼樣。」

「皮外傷，不礙事。」

「鄧先生呢。」

「由律師陪伴在警署作供。」

「心潔在什麼地方。」

「她與父親在一起。」

路斯略覺放心，忽然又想起，「那人——」

「那人受輕傷，刀尖並無觸及器官，警方說心潔純是自衛。」

啊，可是心上陰影，恐怕一生難以磨滅。

「心潔不知何來勇氣，警方也訝異她的鎮定，不慌不忙詳細述事，與眾目擊證人所說完全吻合。」

「你呢，鄧太太。」

鄧太太忽然說出一句極為傷心淒厲的話：「我，生為鄧家人，死為鄧家鬼。」

路斯不知說什麼話才好。

廿一世紀，時髦漂亮的鄧太太居然講出如此苦澀言語。

「對不起小心潔。」

這時，警察進來問話，鄧太太告辭。

史璜比河川先到。

她帶來一罐雞湯，讓路斯緩緩喝下。

路斯說：「幸虧有老姐妹。」

河川也趕至。

「鄧先生與手下辦事有條有理，已第一時間知會我們。」

三個女子握住手。

「這就是運數，這是心潔的災劫，不由人不信，原來，養父母家境富裕，又愛惜她，本來足以無憂無慮到公卿，誰知會有此禍事。」

「千鈞一髮間她救助養母。」

「鄧太太的傷勢不輕，縫了十針。」

「鄧氏昆仲，如何品格會相差那麼遠。」

「那人若有其兄十分之一品德與能力，也不致淪落如此。」

「他一共殺傷二人，保鏢比鄧太太傷重——」

這時看護愉快報告：「路小姐你隨時可以出院。」

史璜與河川立即幫姐妹收拾回家。

史璜百忙中問：「為何不見小李子。」

河川呵氣，「那種年紀小伙子，女友一叫，即時魂不附體地應召。」

小李不致於是那樣的人。

他得到鄧先生同意，跟在鄧氏律師團隊身後，觀察整個案件過程。

小李對於他們專業知識，辦事條理佩服得五體投地。

第一件事是搶先發放撫恤金，又安排保鏢到私立醫院房間，特護看視。

再聘兒童心理學家與兒童法庭專家照顧心潔，鄧太太負傷親自陪伴，她因勞累傷口再次發炎，需剪除腐肉，十分兇險。

鄧先生雖鎮定指揮大局，但面孔瘦得凹下，兩鬢添白。

整家人老了十年。

心潔低聲對小李說：「李哥，我想見目明與耳聰。」

小李實話實說：「不是見面時候。」

「她們也該在考試了吧。」

她們這一代，是電腦兒，學校把試卷傳到鄧宅，心潔看着視屏上打出題目，在限定時間內作答。

鄧先生找心潔，小李擋在門口，「對不起，鄧先生，她在考試。」

鄧先生這樣說：「小李，這些日子你在我家幫忙，我十分欣賞你細心盡力，我正欠缺一私人助理，你可考慮一下，過來全職幫我。」

啊，這是好機會，但——

小李猶豫。

鄧先生本來一直愁眉百結，忽然莞爾，「你捨不得史小姐。」

小李臉面漲紅，嚅嚅作不得出聲。

「我鄧某幸運，因心潔認識你們幾個能幹誠懇年輕人，現時社會，越發少見大方豁達肯為他人着想新一代。」

「鄧先生說得太好。」

鄧先生說：「你考慮後回覆。」

案子，要待半年後才結束。

鄧心潔，因自衛傷人，且年幼，不留記錄。

接着，鄧家迅速準備移民南加州。

一向懂事的三姐妹知悉情況放聲大哭。

鄧先生找小李商量。

「小李，突然分離對心潔來説難以接受，我想把目明與耳聰也一併接走。」

噫！小李面色驟變，站立説：「鄧先生，需知目明與耳聰也是人家的寶貝。」

「但，他們兩個孩子將來還是要升學，不如在一起。」

「鄧先生，各家有各家設想，他們兩家雖不富裕，也有決心為孩子做到最好。鄧先生，己所不欲，勿施於人，己所欲，亦勿施於人。」

鄧先生怔住。

不知多少年，沒有人敢直接駁斥他的建議，而這小李，良心發言，實在如當頭棒喝。

小李僵着等鄧先生攆他走。

早知，不讓三胞胎見面。

誰知鄧先生卻說：「你講得對。」他嘆氣：「也只能這樣了。」

但他不心息，有百分之一機會也好，派律師往王陳兩家做說客。

結果，被不十分客氣語氣請走。

王先生尤其大方，讓律師當着目明提出要求，史璜也在場。

目明這樣說：「我雖愛心潔，但永遠不會離開爸媽，句號。」

王爸與王媽落下老淚。

目明隨即去處理烤箱中麵包。

律師同史璜說：「好孩子，不怕犧牲。」

史璜輕輕說：「此言差矣，人各有志，目明樂意與麵包店父母廝守，並無犧牲。」

「是，是。」

律師回去覆命。

目明走近抱住史璜。

「我會非常非常想念心潔。」

「但是你更愛爸媽。」

「心潔也愛父母，她差些做了殺人兇手，我知她夜夜噩夢，看到那人猙獰面相，只是，她不說出來，她不想進一步影響父母心情。」

都比大人還懂事。

「璜姨，是什麼叫一些人成為壞人，又另一些是好人。」

「哈，這個題目，我的師父，窮其一生研究，但是仍未得到可靠結論。」

「你的師父？」

「可惜他已不在人間。」

「你想念他否。」

「苦苦想念。」

「那，各人是否都有苦處。」

「這是事實，但也得有對與錯界線。」

「最近，街頭街尾都開設新式麵包店，花樣百出，有間做法式，有間做意式，搶去不少生意，爸也相當苦惱。」

唷。

「我還是覺得我家豬仔麵包最美味。」

史璜答：「我同意。」

小李告訴她們：「鄧家包一部小型飛機赴美，連屬下兼保母等共八人。」

「希望他們以後過太平日子。」

「心潔不久升上大學，忙新生活，想必可以淡忘過去。」

「本來，最無生活煩惱的是鄧心潔。」

「總會有的，女孩到了青春期，十五六歲，又長得好看，必有戀愛亂心。」

史璜說：「我如有女兒，必不叫她打扮奪目。」

小李卻如此說：「但，你們三姐妹，不故意妝扮也已經清麗。」

「喔唷，多謝小李。」

隔日，他來找，「我有話講。」

大家看着小李。

小李彷彿難以啟齒，終於期期期期艾艾：「三位，我找到新工作了。」

史璜先一怔，慢慢消化那幾個字。

他找到新工作，那意味着他要依時上班下班，必不能有求必應，日夜聽令於她，即她會少卻一名得力工作人員。

這段日子，小李可謂擔當了重要角色，他樂意為三位女士及三個孩子奔走，做聯絡、打報告、當跑腿，絕無怨言，還時時勸解安慰三位女士，兼任心靈治療師，現在，要走了，他找到新工作。

史璜痰上頸，作不得聲。

另兩位瞪着小李，一動不動，一聲不響，等史璜先開口，到底，他是她助手。

史璜一連串咳嗽。

小李連忙找到冰凍啤酒斟出侍候。

都走了，史璜心底淒荒，童年不快遭遇統統升起，只剩她一人，躺在一間教堂路邊，此刻的她，比什麼時候都像一個無助嬰兒。

小李這時說：「喂，別這樣看着我，我亦需生活費用。」

三位女士連忙轉頭看着窗外。

小李知道史璜會不捨，但，璜姐，話需直說，不要躊躇，毋須含蓄，彼此相識已近百年，無話不談，他一有機會便表達傾慕之意，她卻無動於衷，史璜，請把握這個機緣，說三個字，說：請留下，看看有無進一步發展機會。

說呀，史璜，大家都沒有第二個百年了。

但是史璜的頭顱像鐵鑄似看着窗戶沒有絲毫轉機之意。

小李吁出一口氣。

就是欠那麼一點點緣份。

史璜，你也太過理智。

終於，史璜開聲輕輕問：「新工作在何處，待遇要事先談妥，切忌含糊，當心你心照明月，明月照溝渠。」

小李也得清清喉嚨：「是鄧先生的私人助理。」

「啊，好呀，我們對鄧氏有相當瞭解，他能幹果斷，會是個好老闆，我們替你高興。」

河川與格斯黯然不語，史璜，你也太小心了，如此謹慎疼惜自身，怕難得到快樂。

史璜問：「小李，這下子你還不跟了去？」

「我替鄧先生處理一些文件，三天後就走。」

路斯聲音都沙啞，「小李，我們會想念你。」

「我一年起碼回來兩次，一定探訪。」

史璜說：「你得面對面與目明與耳聽說明。」

「這個自然。」

「這對她們，想必是打擊。」

「孩子們擅長適應。」

「都這麼說，彷彿孩子有特異功能，他們沒有選擇，能不妥協嗎。」

小李告辭：「我還有事。」

他一離開，河川便站起，「為什麼不留住他。」

「虧你說出如此自私的話。」

「你與他又不是些微男女私情也無，我時時看到你把頭靠在他肩上訴苦。」

「只是朋友。」

「如今他終於等不及，你沒抓住機會。」

「他有他的前程，」史璜心酸，「我無嫁妝，又並非做溫柔妻子人才，而且，已經老大。」

「你想與他過一輩子？竟有如此不合理期望，難怪！喂，一刻是一刻，一日是一日，老之將至！！」

「誰說我們三人相像。」史璜苦笑。

三女發獃。

「換了是你，會否趕出拉住他強壯手臂：小李，我們已經浪費太多時日，來，一起往加州。」

河川與路斯不語，她們也不會，心裏都有個天秤，衡量得失，三月後倘若被他離棄，難道還哭哭啼啼哀求不成，又即使長遠帶着一個小弟，能有多大樂趣。

像，她們三人相像，都十分自愛，一早預測到事情結果，不敢造次，這是聰明嗎，抑或，是愚蠢。

都會中精刮蠢女越來越多，越發少人結婚，當然也少人生子。

路斯說：「也許，我們三人的因子也經過編輯：對男歡女愛沒有憧憬。」

這個時候，她們又想起劉教授劉師傅。

認識他半世，竟對他一無所知。

她們去探訪目明與耳聰之際，特別小心，不卑不亢，像什麼事都沒有發生，舉止言行仍然照植秀規矩與準則。

關注耳聰又特別多一些。

史璜刻意替她們置些低調考究衣物，讓她們假期穿着，人要衣裝嘛。

又特地約她們旅行，去過澳門，陪王先生探訪親戚。

目明一頭栽進老式餅家，學習老師傅烘餅奇技，連吃飯遊樂都放下不理。

王太太說：「這孩子，自從第一天踏入王家，就帶來無比喜樂，她牙牙學語，手舞足蹈叫我們歡喜倒也罷了，連屎尿屁都成為閒談樂趣，始料未及，她逐日逐日那樣不知不覺改變我同老王，佔據我倆心襟，終於成為三人一體，鐵鑄似成為一家，史璜小姐，我與阿王都不大會說話，心中感激你們，你可是一點也不偏心，得到你這個朋友，真是三生之幸。」

史璜哽咽，「王太太，你說得太好。」

「你們只講付出，不論收穫。」

河川答：「看到孩子們健康成長，便是至大收穫。」

大家呵呵笑。

王太太忽然問：「心潔最近如何。」

「她勤學用功，努力為升大學努力，她沒有與耳聰與目明通訊嗎。」

「耳聰說只得簡單客套數句，與從前比，生份許多。」

陳太太一次說：「心潔一向並不熱情，她似小大人。」

史璜納罕，怎麼會，她們三人幾乎一模一樣。

陳太太說下去：「每次在補習社聚頭，外邊，鄧家的司機總在門外候着，我留意心潔眉頭眼額，大人也許囑咐過，她一直小心翼翼，從不用公家杯子，也不吃點心，玩得最起勁之際，才會放開懷抱，一向是最先走那個。」

史璜怔住，噫，她並無注意，可真粗心。

「心潔會悄悄打量我們耳聰衣著，不以為然，彷彿嫌耳聰穿得粗糙。」

「陳太太，你會不會多心了。」

「這麼些年，我都看在眼內，深覺齊大非友。」

史璜不知如何接上，與河川及路斯面面相覷。

陳太太說：「我一直沒提，是怕耳聰多心，耳聰強項是功課，不是打扮。」

路斯連忙平息不滿，「是，是，同我們三個一樣。」
陳太太訕訕，「三位內外皆美。」
這時，有遊客青年走近搭訕問路，耳聽正為他研究地圖。
隔一個距離看去，耳聽身段高眺均勻，不折不扣是美少女，長髮在風裏拂揚，吸引那個少年：澳門有多大，還需看地圖？
路斯感慨：「長大了，孩子們遇風就長。」
史瓚也覺得太可怕。
陳太太說：「三位都與初見時一模一樣。」
路斯笑，真有那麼好？
也有補習學生的母親問：「老師有何秘訣。」
「不要老照鏡子，就不覺老。」
「還有呢。」
「睡眠充足，多吃蔬菜。」
大家呵呵笑，「不用多問，怕是天生的啦。」

補習社擠破門檻，都說三個老師深入淺出，三兩句便解答學生難題，原來，家長有頓悟：不是學生笨，也不是功課深，而是師生交流問題。

一日，目明興奮對史璜說：「我明白了！」

急不迭趕回家，試做牛角麵包。

王先生笑，「看來，麵包店真有承繼人。」

什麼，不是研究海洋生物專攻鯨科嗎，不是天文物理查究紅色擴張嗎，不是植物學研發無水插秧嗎。

史璜到廚房參觀新法製牛角包。

目明愉快地說：「不是新，而是舊，復古。」

只見她自冰箱取出一大缸東西，打開蠟紙，叫史璜嚇一跳。

這——不是豬油嗎。

她不禁退後一步，食物用豬油，不等於自殺？

目明大笑，「別怕別怕，適量地用，不比牛油更不健康。」

「目明，小心。」

「真是冤枉，多年來被健康論嚇破膽子，且看我做千層葉餅皮。」

目明十指纖纖舞動起來，左摺右摺，反覆塗上牛油及豬油，然後切成三角，輕輕捲起，放到鋁盤，送進烤箱。

烤不上五分鐘，已經香氣撲鼻。

老客人紛紛問：「什麼麵包？」

目明自烤箱拉出盤子，那香氣真是隔一條街也聞到，她用紙裹一隻，先奉獻給史璜。

史璜忍不住咬一口，味蕾接觸到餅皮，她瞠目，目明喊一聲「Yes！」

真幾乎連舌頭也連帶吞下。

目明提高聲音，「免費試食。」

客人一湧而上。

人家試食，只分一角，目明整件奉上，拿到的人客咬一口，忍不住分享，「好吃」，「我家老爺偏食，什麼都不夠香，這回有救」，「搽上果醬，那真是諸神美食」，「幾時大批出爐，我訂一打」……

奇蹟，一點點豬油，大概是吃過度健康飲食太多，像厚紙皮似餅食、綠毛蟲擠漿般飲品，還有各式草根樹皮，還有一種非洲人吃的糠粒，吃得味覺起繭，一點點香油，如皇恩大赦，可憐。

這牛角麵包，很快成為搶手招牌貨。

路斯說：「目明有天份，也有運氣。」

「送她到瑞士學做糕點。」

「她已經可以任教。」

「可是，各學各業不到外國過度一下總站不直。」

「迷信。」

「嘿，你儘管問目明。」

目明一聽，收起笑容：「阿姨們，我想是想啦，可是，噓，不要與爸媽說，我捨不得離開兩老。」

史璜點點頭，好孩子，萬中無一，一般過了十八歲，都為自身前途亂忙，那也是應該的啦，還有老長一段日子要走，不看護自己，怎麼行。

目明說：「還有什麼地方，可以有整家店給我實驗。」

這是真的。

目明搶回不少顧客。

大財團糕餅店派人查探、化驗、鑽研她的麵包。

甚至建議收購。

史璜替他們找了律師分析利害。

律師說：「現款利息低會貶值，存款可用來購買更保值貨品。」

「賣掉麵包店可買樓房給目明當嫁妝。」

「我才不要嫁妝。」

「呵呵呵。」

「保着店家多辛勞，每朝三四點起來苦幹。」

「多勞多得，精神寄託，退休後幹什麼，抱孫子又還沒那麼早。」

「爸媽真是。」

「保着銷量，再做幾年，凡是產品，一旦大量推廣，品質必然下降。」

小生意人的智慧不容小覷。

目明念想心潔。

「此刻，只得多見耳聰。」

有小青年上門買一隻麵包站半日，盯着目明看，又試圖搭訕，自身先面紅，十分有趣。

當然，覺得好玩的人不會是王先生。

他見少年留戀不去，便走到面前咳嗽一聲，「怎麼，不用溫習功課嗎。」

目明從來不與他們說話。

她對史璜說：「無聊。」

王太太說：「目明，下午最忙之時你才出店面。」

閒時目明與耳聰到圖書館。

目明說：「你瞧，書山書海，世上最美妙是書本。」

耳聰比她更書蟲，她看的是英國廿世紀名案官司記錄：「太有趣了，律師們千方百計見縫插針巧辯，但是天網恢恢，疏而不漏，叫人拍案叫絕。」

目明微笑，「你是想讀法科。」

「我記性好，本想讀醫，母親大人說太辛苦，血腥苦楚，十分抗拒，我靈機一動，法律也好，一樣可以幫人。」

「社會所有工種都可以幫人，別以為垃圾工人地位低微，沒他們全世界叫救命，一個畫家，作品如叫觀者莞爾，已功德圓滿。」

「目明你會說話。」

這時有少年前來搭訕，「你倆長得一模一樣，是孿生女嗎。」

「圖書館肅靜，噓。」

河川問：「兩女那麼勤工勤學，體力支持得了否。」

路斯笑：「她們這歲數三天睡兩次足夠，你看一些喜娛樂少年，喝酒嗑藥在街流浪至天明都支撐得住，老來叫苦是另一回事，時光過一日少一日，豈可荒廢。」

「路斯你真會說話。」

「耳聰喜歡法科，你介紹她往律師行做打雜吧。」

「那也得中學出來再說。」

「做影印買咖啡也要中學畢業？」

「當然，就快清潔工人也需讀管理系。」

路斯說：「史璜你真會說話。」

時間就這樣過去。

中學畢業，阿姨每人送一枚勞力士鋼帶手錶，恭喜目明與耳聰健康成長。

史璜嘆口氣，「劉師祖假如還在，可以告訴我們，他的結論是什麼。」

「我們的工作算是正式告一段落。」

「人生路還長着呢。」

「什麼叫成年？那就是成為大人，一個大人應為自身品德負責，勤力工作，成為社會有用一分子，照顧自身衣食住行，切忌做一名負資產，成年之後，可也不可怨天尤人。」

「真辛勞可是。」

「我們三個阿姨，都是過來人，全是半工讀苦學生，一早五時許起床溫習寫功課，下午三時放學，兼職打工，做侍應，一星期便踩爛一對鞋，腳都站歪，還不是這樣熬過來。」

「今日是不行了，一到下午三時，只希望午睡。」

「史璜，我們去南加州探心潔，完成整個報告。」

路斯說：「好主意。」

「先寫個短訊給鄧先生。」

「不會不歡迎我們吧。」

「合約上聲明可有權探訪至十八歲。」

「勉強，到底沒意思。」

回覆即時回轉，是鄧氏一家三口合照，「無數個歡迎，期待見面。」

小李也說：「為什麼如此方才願移動玉步」，這人的中文永遠不三不四，又喜賣弄，笑壞人。

三女沉靜的心，有一絲波動。

「可要叫耳聽與目明也走一趟。」

「那得徵求她們父母同意。」

可是王先生不贊成，「目明去何處，我們跟着。」

「為什麼。」

「不捨得，女兒不在家，寢食難安。」

王太太補白：「老王是怕目明見到那邊環境好，不回家。」

史瓊笑：「我也走遍半個天下，相信我，無處比本市強。」

「年輕人想法不一樣。」

「我們三人也想過退休後在英國湖區溫德米爾置小小莊園，可是想深一層，是呀，天大地大，羊群咩咩，藍天白雲，金黃色水仙花……做什麼好呢，老年住旺地，便打消主意。」

目明站在一旁笑而不語。

「想念心潔否。」

「不比爸媽更重要。」

奇怪，只有這一個少年覺得父母地位高。

那麼，耳聰呢。

坐在狹小單位說話，陳太太有意見，「他們家瞧不起耳聰。」

路斯說：「你別多心。」

耳聰說：「目明不去，我也走不開。」

「可要代你帶些什麼。」

「心潔什麼沒有呢。」

「不可以這樣說，你我有你我心意。」

耳聰說：「我參加了摺紙美術班，一套自詡栩栩如生小動物，不如裝盒子送心潔。」

耳聰日忙夜忙，上課、兼職、照顧父母，還有時間參加美術班。

拿出一套，豬牛羊雞鴨鵝，果然像精緻雕塑品，令人嘆為觀止，這摺紙剪紙，數千年都屬華人民間藝術，不知怎地，又被日人強認源自東洋，給個名字，叫奧黑加米，同圍棋一樣，叫ＧＯ，絕倒，不提來源，叫人啼笑皆非。

目明說：「我也用餅皮搓薄照摺，烤出動物造型麵包，大受小朋友歡迎，都說不捨得吃。」

「哇哈，幾時做蛋糕。」

「我不喜蛋糕，我只做麵包。」

這時，忽然聽到鄰居傳出碰碰嘭嘭聲響，人聲嘈雜，像是打架。

耳聰輕輕說：「隔壁人家又在發瘋。」

河川拉着耳聰的手，「快告訴我是怎麼一回事。」

「隔壁人家的兒子剛出獄，天天在家鬧事，打雞殺狗，叫鄰居不得安生，嚇得不得了，本來幾乎夜不閉戶，現在全把門窗關緊緊，提防不測。」

「可有報警？」

「怎麼沒有，警察來過好幾次，可是他見到制服，即時安靜，警方無計可施，知會社會福利署人員，帶他檢查，只說精神有問題，這人，吃了藥又還好些，今日又鬧，太嚇人。」

史璜說：「這不行，危險。」

「像隻定時炸彈，可是，又能怎樣呢，只得苦苦忍耐，本來，這層樓太平無事，左鄰右里一隻貓大家玩，幼兒彼此照顧，現在不行啦。」

那人還在摔東西。

又聽到女子哭泣聲。

「前世不知做錯什麼，今世會得到如此遭遇。」

河川緩緩說：「華人得不到解釋，喜歡説因果報應，其實，遺傳科學家鄭重研究精神錯失問題，已達百年。」

史璜說：「耳聰不如到我家暫住。」

耳聰微笑：「爸媽都在這裏。」

警察終於又來，鄰居靜下。

「有什麼事，告訴我們。」

離去時走過那一戶門口，門關得緊緊，沒有異樣。

河川問：「是因為童年不愉快嗎。」

「劉教授説，科學家牛頓還是遺腹子。」

「那麼，是何種因子變故，研究得到，趁早切除，造福社會，建造烏托邦。」

大家不出聲。

繼而計劃行程。

在加州之後，再也沒有旅程，沒人提到異常不安的南美，也無興趣往中美諸島曬太陽，歐洲，她們幾乎可以當嚮導，終於，河川説：「我往倫敦探校友。」

「除出我倆，你還有什麼朋友。」

「聖三一的同學……」

聲音漸漸低沉。

當天晚上，陳氏夫妻已經入睡，雙層床下格布簾拉緊緊，耳聽未眠，正為摺紙動物打包當禮物送出。

忽然，鄰戶又傳響聲，「救命，救命」，有人大聲喊叫。

聽得多了，耳聰只微微抬頭皺眉。

一旦有正職收入，非得把父母搬離這地方不可。

耳聰放下小包裹，側耳聽一會。

其他鄰居也已驚醒，有人大力拍陳家的門：「火警，火警，快逃！」

這時，耳聰看到門縫有濃煙如鬼魅似竄入。

一時驚嚇，手足無措，她呆站着，不知做什麼才好。

然後，腎上腺應急分泌，叫她：先推醒父母！

她大叫：「爸，媽，快醒醒！」走近用力推。

老人驚醒，「女兒，你快走。」

耳聰連忙拉開大門。

她不該那麼做。

她缺乏火災常識。

走廊裏的火燄忽然獲得房間內新鮮氧氣，爆發起來，籠罩整個單位。

「爸，媽！」火燒得她痛聲大叫。

她撲回兩次想拉出父母，但是鄰居大漢拼死用力一手把她扯出，「不能回頭！」

火警車嗚嗚趕到，遮掩耳聽慘厲叫聲。

警員把傷員交給救護人員。

耳聽聲音已經沙啞，「爸，媽」，她渾然不顧生死，手臂與一邊身子已經燒傷，皮膚像紗布似掛下。

陳氏夫婦沒能逃出。

火舌自天花板竄入捲裹他倆身體。

目明看到耳聽時，她在醫院燙傷科病房，再一次成為孤兒。

史璜她們輪流站病房，一句話沒有。

目明強忍眼淚，沒有說「快些醒轉」類此場面話。

傷心震驚中她決定找李哥。

小李聽到電話，立即說，「我馬上回來照應，目明，別怕，這是你掌大局的時候了。」

史璜知道後點點頭，「他回來也好，我們三人已累得不能再動。」

醫生預計，耳聰得治療整年。

王先生拍拍胸口：「到我們家住，與目明作伴。」

他那種充滿責無旁貸、又義又勇的氣度叫史璜她們佩服。

小李翌日趕到。

史璜不忿叫怨：「怎麼會發生這樣事故。」

小李自報章看到頭條：「瘋漢縱火，三死三傷。」

他緊緊抱住史璜。

另外兩個阿姐說：「我們也需要安慰。」

整個房間女生都默默流淚。

最可憐是目明，小臉漲通紅，一直苦苦忍着眼淚，五官浮腫。

他們到外邊同醫生講話。

小李這次，帶着鄧先生推薦的炙傷科名醫前來會診，正與本地醫生商議，所有費用由鄧氏負責。小李嘆口氣，看到病床上耳聰，包紮如木乃伊，實在不敢樂觀，醫生用藥物導使她昏迷，以便療傷，那等於暫時做植物人。

中西兩名醫生對他們解釋病況，「看上去可怕，實則已脫離危險期，不過需要大規模植皮，來源——」忽然發覺目明長得與病人一模一樣，驚喜，「可是雙生？」

目明一邊抹淚，一邊告訴醫生：「請隨便採用。」

醫生高興，「那太理想了。」

史璜她們聽得渾身起雞皮疙瘩。

鄧先生親自來電，「本來，我應當親自走一趟照顧，但內子不適，走不開，盼見諒。」

「多謝鄧先生關懷。」

「應該的，是姐妹嘛。」

有大手支持，大家安心得多。

王先生太太暫時放下麵包店，也來探訪。

看到耳聽，不禁這樣說：「這孩子命苦。」

一個大漢靦覥握着花束站門口。

史璜問：「請問是哪一位？」

「火警那夜，我也在現場，是我拉住耳聽。」

「啊，你是耳聽救命恩人。」

「不敢當不敢當。」

「我們正要出去吃點什麼，你也一起吧。」

「我——」

河川一手把他拉住一起走。

這才發覺，漢子年紀並不大，明顯是藍領，鬚眉男子，自有氣概。

大家都沒有再提那晚火災。

大漢叫阿力。

小李頗尊重他，陪他喝啤酒，兩人原是先後街坊。

原來耳聽這段日子常替街坊鄰里讀官房信件，知會他們發生什麼事。

阿力說：「好女孩：勤奮、熱誠、孝順、樸素，沒有半句怨言。」

大家聽得感動。

阿力一人吃下整碟免治牛肉飯。

在飯店門口他說翌日會再探訪。

小李看着阿力背影不出聲，他還得忙瑣事。

臨走再與史璜與目明輕抱一下。

河川說：「小李有心事。」

路斯長嘆：「這年頭誰不納悶。」

目明忽然說：「三位阿姨切莫氣餒，為着耳聰，我們要好好振作。」

「是，是。」

目明長大。

她自大腿刨下皮膚義助耳聰。

醫生說耳聰痊癒率極為迅速，實屬奇蹟，事實是自小到大，她與目明幾乎沒有病歷。

耳聰甦醒，前邊休養道路還長得不得了。

史璜聽見目明對她說：「那叫阿力的大塊頭天天來，在門口站一會，問下情況，便靜靜離去。」

耳聰點頭。

「他喜歡你，是你男朋友？」

耳聰不出聲。

「對你好便行，我看他，真是全心全意。」

史璜聽見，嚇一大跳，真沒想到目明如此觀察入微，心細如塵，比起她們幾個大人，青出於藍。

目明擠在耳聰身邊休息，醫生看護看着兩張一模一樣小面孔，莞爾。

史璜忍不住出示照片。

「嘎，還有一個！」

耳聰燒焦半張臉，修補之前，先要割碎厚疤與磨平，血肉模糊。

大人們無法不暗自流淚。

河川說：「先頭目明已叫我們不可氣餒。」

「王先生與太太怎麼會把孩子教得那麼好。」

「我看他們也沒有什麼家訓或大道理，只是給目明自由發揮。」

「唯一缺點是不讓目明留學。」

「留學外國名牌大學這件事真像香餑餑，成為一個家庭成功指數之一，一半為子女錦繡前途着想，另一半，家長是為着虛榮心：『瞧，多艱難的事都為子女辦到，誰敢說我倆不是好父母』？漸漸成為風氣，出盡法寶，通過人事、捐款、甚至賄賂，好事變醜事。」

大家伸一個懶腰，只覺腰痠背痛。

腌臢的事亦由小李代辦，做得妥妥當當，他忙得瘦整個圈。

她們再三道謝。

小李說：「我會轉達，但，費用實在不算什麼，倒是一番心意難得，鄧老再三想把耳聰接往加州。」

耳聰沒去，心潔倒是來了。

心潔出現在病房門口，路斯還以為是目明，

「咦，這個時候你走得開？」

「是我呀，路姨。」

看護剛好進房，看到床上一個，門口一個，另外，正朝她們走近的又是一個。

一模一樣三個女孩。

看護嘴張大，「啊三胞胎都來齊！」

一屋女生，卻鴉雀無聲。

心潔輕輕走近抱住耳聰。

在外國生活數年，姿勢豁達許多，再不復見輕輕蹙眉心中不滿。

醫生匆匆進來，「來得好，正需要更多移植皮膚。」

醫生是醫生，大家啼笑皆非。

小李說：「擋都擋不住，一定要來。」

耳聰微笑，「還以為心潔不要我們了。」

路斯連忙說：「這是重話說不得。」

「是，是。」

史璜說：「目明，來，陪我買些冰淇淋大家吃。」

那目明，一直微微笑。

「噫，你笑什麼呢。」

「看到李大哥高興。」

「才怪，說，笑什麼。」

「笑心潔追上來。」

「誰，誰追上誰。」

「心潔放不下李大哥呀。」

史璜一呆，停下緩緩思索，果然。

心潔本來不打算探訪耳聰，但李志強一旦離開她，她才知不捨得，緊隨而至。

怎麼她這個史璜阿姨就沒看穿，讓小女孩比下去了，她輕輕吁出一口氣，忽有傷感。

「啊，」她這樣說：「目明，你幾時變得如此聰明敏感。」

「聰明不好嗎。」

「我為聰明誤一生，生子不如愚且魯，平安無事到公卿。」

目明還是笑，「那也得有些街頭智慧，況且，被聰明所誤，這是不夠聰明。」

史璜氣結。

孩子長大，就是這個樣子，一言九鼎，他們有他們道理。

小李參觀她們的補習社。

「殺雞焉用牛刀。」

「小李，別說閒話，坐下。」

「什麼事。」

「小李，心潔喜歡你？」

他乾咳一聲，「果然什麼都瞞不過你們的法眼。」

「小李，你可喜歡她。」

「相貌標致，家境富裕，有什麼不喜歡。」
「小李，你變了。」
「史姐，人總會隨着環境變遷成長，這不是我們努力的研究題目嗎。」
「小李，她還是個孩子。」
「八月滿十八歲。」
什麼，史璜發獃，三胞胎滿十八歲？她額角冒汗，歲月去了何處，這不是時光大神欺侮她嗎，轉瞬間孩子們成年，講話頭頭是道，自作主張，自由戀愛。
史璜胸口作悶，喉嚨乾涸。
「大姐，你難道沒有發覺，她們早已發育得像大人一樣。」
不，不，恍如昨日，目明搖搖幌幌走到她跟前，笑咪咪，說她第一句話：「媽媽。」
那時，史璜抱緊幼兒，「我不是媽」，心酸，也想做個母親。
她黯然垂頭。

「史璜，史璜。」

「小李，你待人要小心。」

「人生所有經驗，都自失敗得回。」

不，還有傷心、氣餒、被凌辱、踐踏、欺侮的血汗淚，史璜不想孩子們失望。

「你與心潔速速回去吧。」

「史璜，記得嗎，我已不是你的下屬，我不聽你支使。」

「你這個叛徒，你信不信我打你！」

「我信，我信。」

「小李，你比心潔大十多廿年，太不公平，你把弄小女孩。」

「史璜，這三個孩子明敏勝於常人，你別小覷她們，你放心，我也懂得控制自己感情，況且，還有鄧先生太太在一旁看守。」

「小李，真沒想到你狼子野心。」

「史璜，如果我令你不快，對不起，我道歉。」

史璜拂袖而去。

街上涼風吹來，她打一個顫。

史璜她一點應付異性的經驗都沒有，什麼都蒙在鼓中。

另一頭，耳聰出院，搬到王家與目明同住。

她傷處還穿着橡筋布，需要特別照顧。

王先生拍胸口：「我們一起做。」

耳聰落淚，她想起自家父母。

「都是我不好，沒把他們拉出。」

河川說：「不管你的事。」

「那麼，是誰的錯。」

路斯答：「那時，你還未出生，他們選擇在新月邨居住，挑那個單位，因為兩邊有窗，一住廿多年，再也想不到，隔壁鄰居會有一個精神病兒子，因與果都不來自你，一早冥冥中已有安排，你不過碰巧在該處出現。」

她抱着耳聰輕輕搖幌着。

華裔到走投無路之際，便會想到宿命：一個人，走到此時此地，便會碰到一早便有注定的事，避都避不過，但凡存活，已經叫是化凶為吉。

耳聰飲泣，「他們是好人，太不公平。」

「沒人說會公平，也沒人主持公道，生活，就這樣，古人叫認命。」

耳聰沒想到平時英姿颯颯，研讀科學的阿姨也談到命運，意外，哭得更厲害。

目明走近，撥開耳聰頭髮，「呵，這邊嘴角神經受損，耳聰變歪嘴，多有冷傲性格。」

路斯沒好氣，「去你的。」

但耳聰破涕而笑。

王太太進來聽見，這樣說：「所以孩子們痊癒得快，親友有一個五歲男孩，眼球患癌，電療多次無效，生命危險，醫生逼不得已摘除眼球，父母與護理人員傷心不已，誰知小病人一醒來，照到鏡子，十分高興，『媽媽，我成為海盜啦』。」

沒想到鄧先生親自前來視察。

小李報告：「他第一件事要見三位。」

鄧先生頭髮已七成白，鎮定氣質畢露，稍現滄桑疲態，「各位好，世上不如意事豈止八九可是。」

大家都點頭。

「孩子們長這麼大了，另外有叫家長擔心之事，想當年，心潔發燒是鄧家頭號大事，此刻想來，微不足道。」

他咳嗽幾聲，「大家都知道內子健康欠佳，需要長期療養，記憶力衰退，過去與最近的事都不記得，家中電話號碼都用筆寫起放手袋，常常感慨心潔竟這麼高大了……

「幸虧有小李幫忙，他此刻是鄧宅大總管。」

大家不出聲。

「有件事，小李怕難為情，不如由我老人開口，他與心潔要訂婚啦，婚期不遠，盼得到諸位祝福。」

雖然已略知消息，仍然震驚。

沒想到鄧先生如此豁達。

小李站一旁垂頭不出聲。

「他倆自幼相識，我也放心，年齡差距不是問題，我也比內子大許多，只得一個女兒，小李總算是個可靠的人，你們也許還不知道，心潔已經懷孕，明春我可以抱孫子。」

史璜握緊拳頭，太過份了，這李志強簡直欺侮老弱。

她嘭一聲跳起。

河川與路斯把她按下。

史璜指着小李說：「枉我信任你這些年，你禽獸不如！」

小李實在吃不住罵，叫怨：「別以為罵人人不覺痛，你憑什麼不放過我。」

「你非禮未成年少女，卑鄙下作，你認識她時，她還在襁褓之中，你真的做得出來！」

「但是，心潔長大了，我們相愛，鄧先生也不反對，你為什麼不住詆譭我。」

史璜掙脱路斯的手，搶上，盡她所有力氣，摑小李一巴掌。

這一掌史璜用了全力，大家驚叫，小李踉蹌退後兩步，用力掩住面頰，他一隻大牙被打鬆，血湧向嘴角。

心潔趕近扶起他。

史璜意猶未盡，「走，走，我一輩子不再想見到你。」

鄧先生助手連忙把老人與一對年輕人帶到門口離去。

剩下路斯與河川呆呆看着面孔煞白的史璜。

她還在罵：「人若無皮，天下無敵，是我的錯，我引狼入室。」

路斯取出拔蘭地瓶子，一人喝一口。

史璜還想吵，被河川止住，「喂，你有完沒完，關你什麼事，即使是親生母親，也管不着。」

「他覬覦鄧氏產業，他矇心潔年幼無知，這種婚姻，豈能長久。」

「史女士，世上所有婚姻，均不能長久。」

「史璜，你是怎麼了。」

「兩個我看大的人！」

「你可是妒忌？」

路斯說：「讓她靜一靜，幸虧大家都見慣世面，否則被她嚇死。」

她們走了，剩下目明，從身後抱住史璜。

「目明，你是明白的吧，我懊悔送羊入虎口。」

「李大哥不是虎，心潔也不是羊。」

「你知道什麼。」

「孩子長大，總要離開父母自組家庭，將來，某一天，我也要走，你們也未必喜歡我的對象。」

「不，不，目明，心潔糊塗天真，你明敏過人。」

目明忍不住笑。

是的，她們都已成年，與阿姨們平起平坐，說話像朋友一般。

小時候，會生氣，拿麵包丟阿姨。

「——拿麵包扔阿姨——」

目明否認：「不，我從未那樣做，那是耳聰，我最最尊重阿姨。」

渾賴得一乾二淨。

有次逛商場，正感慨那些盒子上印可愛嬰兒貨品已與她們無關，忽然看到一年輕媽媽把嬰兒放進小床試睡，史璜忍不住上前張望，那幼兒胖得兩腮下墜，說不出逗趣，史璜忍不住伸出雙臂，想去抱一下。

河川按住，「不要碰人家寶寶。」

那母親聽見，連忙說：「不要緊不要緊。」

路斯已把史璜拉走。

三人黯然，說不出失落。

「史璜，你活生生把小李與心潔趕走，很難相信你不是妒忌。」

「請看我雙眼，我是那種人嗎。」

河川凝視她很久，「不，你是純粹怕心潔吃虧。」

路斯也走近審視史璜雙目，「仍然清晰，沒有紅筋，也無浮腫眼袋，尚是妙目。」

「那是因為她從未失戀。」

「噯，我們三人從未哭得眼珠掉出。」

「可以因此活到一百歲嗎。」

「你希望活到百歲，拄着拐杖看最新時裝？」

「小李不像是利欲薰心那種人。」

「因為這段婚姻，他已成為董事總經理。」

「私人公司職員稱呼，任意叫，太白金星也行。」

路斯說：「心潔曾經問我，為什麼沒有男朋友。」

「小朋友的好奇往往叫大人吃不消。」

「問題叫我一怔，她又問：不嚮往男性厚潤肩膀，溫暖擁抱，不想撫摸他們濃眉鬍髭？」

河川微笑，「真是孩子，世上一半人口都擁有之物，有什麼稀奇。」

最終結論，仍是「她們大得真快」。

鄧心潔的婚禮十分簡單，在家中證婚，三個阿姨包括史璜還是盛妝出席，穿婚服的心潔似公主，含淚迎出，頭上鑽石頭飾在陽光下閃爍耀眼，每個少女新娘都應如此嬌美。

小李沒有上前與史璜招呼，只與其餘兩個阿姨寒暄。

史璜自己蹓躂參觀鄧宅，屋子大得不得了，前後花園，佔地約有整畝；屋子式樣樸素，後牆爬滿橘紅色攀藤植物，美不勝收。

史璜靜坐泳池旁藤椅，樹影婆娑，清風徐來，如此良辰美景，感覺上主就在身邊。

這時，史璜看到身邊有一斜斜身影。

這還會是誰。

那人開聲，「還生氣嗎。」

從前，唉，彷彿沒多久之前，小小目明惹她生氣，她故意不理她，她也會這樣問：「姨還在生氣嗎。」

她回答：「一輩子。」

小李遞一杯長島冰茶給她。

史璜止口渴，「這裏真是好地方。」

「父母與兄弟都來了。」

「一定很替你高興。」

小李不介意調侃，他說：「兒子成家立室，當然高興，鄧先生邀請他們前來度假。」

看護推着一輛輪椅走近，史璜連忙站起，「鄧太太你怎麼出來了，我剛想進屋找你。」

鄧太太已經要坐輪椅，盛妝打扮，雙頰撲粉太紅，遠看氣色尚好，近看乾瘦憔悴。

她握住史璜的手，「老朋友來觀禮，倒履歡迎。」

「太客氣了。」

「快進廳看註冊簽名。」

史璜隨大家走。

只見心潔華服如一團雲，滿身珠翠，華美到極點。

三胞胎中，她被安排得經濟條件最好，但，她不見得最開心。

目明最快活，無牽無掛，拉着其餘兩姐妹的手說個不停，她親自下廚做點心。

鄧太太笑，「等於三個女兒一樣，將來耳聰與目明婚禮，也由我們操辦多好。」

大喜日子，大家也沒問鄧太太是什麼病。

禮畢，小李與心潔在門口送客。

心潔笑着與姐妹說：「累壞了，謝謝你們來賀。」

目明最樂觀，「十周年再來。」

耳聰微笑，嘴角稍斜，萬幸她已好得七七八八。

「耳聰，」心潔說：「到我們這裏升學可好。」

耳聰躊躇，「捨不得朋友。」

心潔意外，「你有朋友了。」

耳聰尷尬。

「那麼，一起來。」

心潔看事情，比其餘兩姐妹簡單。

耳聰答：「他已在工作，是家庭經濟主柱。」

「啊。」

兩代共五名女子，鄧家索性幫她們訂小型私人飛機，舒適得多。

路斯告訴史璜：「心潔輟學，專心育兒，生產期在初秋。」

史璜只點頭，不表示意見。

「小李會對她千依百順。」

「如果養一條金毛尋回犬，也善解主人之意。」

「史璜，你太挑剔。」

「走着瞧吧。」

「鄧太太的病，能拖到外孫出世，已經不錯。」

「什麼病如此厲害。」

「肝癌，此刻靠嗎啡鎮痛維持些許尊嚴，認為是上次意外受驚引致精神極度沮喪抑鬱引致。」

鄧太太，正如每一個人，有她的故事。

年輕的她嫁予比她年長的鄧先生，沒想到她會早走一步。

目明說：「心潔極端依賴父母，害怕他們離開，她會不知所措，所以早結婚，小李哥在她心目中可靠。」

「你怎麼想。」

目明說：「自身最可信。」

語氣像阿姨們，歷盡滄桑，晚知晚覺，才懂得最靠得住的是自己。

「此話怎說。」

「做好自己，莫理閒事，過去的事，譬如說，四五十年前恩怨，就不用再提，有人挑釁，聽而不聞，似鄰居諷嘲我家只會做豬仔包，沒問題，就做好豬仔包，獨當一面，受客人尊重。」

嘩，目明似得到史璜真傳。

「阿姨你本來是最大方豁達的人，不知怎地，就是不原諒李哥。」

「他做人太藏機心，這種心思一旦病變，便會害人，真沒想到，幾乎看着他長大，竟是這種人。」

「機心是什麼，耳聰說，阿力沒機心，所以樂於同她相處。」

史璜一怔，「河川姨怎麼說。」

河川沉吟：「如何處理子女的異性朋友是父母一個劫數，反應太過偏激，造成永久隙縫。」

「你喜歡大塊頭？」

「我能說什麼，阿力是殷實好青年，這段日子，他予耳聰最大支持，絲毫沒有嫌耳聰糾結可怕皮傷，我也放心安慰。」

「這大塊頭，中學畢業沒有。」

「史璜，不要勢利。」

「河川，也不能太大方，據我所知，耳聰並無放棄讀法律意向，大學也已經預先取錄，將來，她或許出任裁判官……」

「那與阿力有何關係。」

「大家會説話。」

「咄，悠悠人口，管他呢。」

「河川，這就是你偏激了。」

「阿力是一間物流公司小東主，負責本市北區速遞，做得極好，有口皆碑。」

「你相當喜歡他。」

「任何愛護我女兒的人都得到我欣賞。」

「他們可能結婚？」

「耳聰再度成為孤兒，我不反對她有個家。」

看樣子，阿力比小李更為可靠。

女性命運，一向見一步走一步。

「請問河川，你還在寫報告嗎。」

「你呢。」

「為向劉師示敬，我與路斯仍做簡要記錄，越發覺得三女道路越走越遠。」

「好似環境影響較大。」

「而我們三人，反而越走越近，三人迄今獨居，不思上進，渾噩度日，十分高興。」

「我覺得空虛。」

「所羅門王也深嘆空虛，聖經上說，王在最繁華的時候，還不如地裏一朵百合花呢。」

「沒有子女是幸還是不幸。」

「看你的要求如何。」

「我對三個女兒十分滿意。」

「她們都是健康善良的人。」

「我們呢，我們三人自然成胎，自然成長，並無動過任何基因手術。」

「你怎麼肯定？胎胚無知無覺，你怎知你因子未曾經過技術程序。」

「喂，上世紀七十年代……」

「基因改變科技已在發展中。」

史璜沒好氣，「再過幾年你會變藍血的人，好了沒有。」

過幾日，史璜特地約看著名婦科巫醫生。

她這樣說：「脾氣突躁，容易生氣，多心、多疑，時時覺得被得罪，深覺生活乏味，又不敢衝動冒險。」

「貴庚。」

史璜說一個數字。

「你不像呀，望之如三十許，這麼看來，史女士你已踏進婦女生理最大一關，我替你驗血讀報告，不要害怕，醫學在這方面甚有鑽研，可以舒緩徵象，安然渡過。」

「然後呢。」

真不該問這三個字。

醫生微笑，「然後，你我像全世界的人一樣，進入老年，最終辭世。」

史蹟不滿：「別的醫生好像比較會安慰人。」

「有幸我不是那樣的醫生。」

史蹟被抽好幾支血。

「不是說有一位女士發明驗血新法：只要抽豆大那麼一點點血，便可用她發明機器驗兩百多種疫症。」

「那個發明，已被拆穿是郎中造假，投資者損失數千萬美元。」

史蹟嘆息。

「聽說本地的植秀實驗所，在某些研究上也頻遭滑鐵盧不得不中斷。」

史蹟不作聲。

她應醫邀做一個全身掃描。

「三天後來看報告。」

河川說：「我與路斯也準備看婦科。」

「早知一起，你倆又是為什麼。」

「潦倒半生，一事無成。」

「兩位是生物化學專家，怎可這樣說。」

「婦女若無家庭子女，對下半生十分猶豫。」

「你想怎麼樣，養兒防老，子孫圍繞膝下？」

明知這兩事在今時今日已無可能，故此不出聲。

「衣食住行均不欠缺，心裏就是不舒服，故趁早看醫生。」

「若劉師還在……」

「不行，再豁達也未能坦然與男性紓尊談女性更年期。」

「咄，男性更年期才更慘，從無醫生正視他們這個問題，男子一直以為他們青春不老，八十歲還有生殖能力，實則啞子吃黃連，有苦自知，到處找偏方。」

她們兩人的婦科，是容醫生。

大家都約了三日後讀報告。

耳聽目明要陪她們。

「身體例行檢查耳，別擔心。」

一進醫務所，看護迎出：「史女士，巫醫生等你。」

醫生迎出，「你好，史小姐，請坐，首先，說好消息，你身體健康，器官筋骨壯健，幾乎同三十歲人無異，這是長期不煙不酒拒絕夜生活食物偏素的好結果。」

史璜看着醫生，「壞消息呢。」

「沒有壞消息，只得怪消息。」

醫生打開電腦投映，顯示出史璜的頭顱內部，放大前腦，史璜對腦部構造認識知之甚詳，未必輸給巫醫，只聽得醫生說：「這是前葉額，與我們性格與思維能力密切相關，這是記憶關鍵海馬區。」

史璜已經看出毛病。

她踏前一步，「呵」一聲。

「史小姐，海馬體下端，長着杏仁形的情欲區，你沒有這一部份。」

熒幕上打出海馬區各個部位，「沒有它的蹤跡，史小姐，這是你先天遺傳性缺憾，你天生對異性沒有熱情，這不表示你另有取向，你體內缺乏一種叫多胺酚內分泌，令你在青春期也不追求異性好感，你沒有談過戀愛吧，史小姐。」

史璜呆住，沒想到專門研究人類行為的她遭巫醫生分析。

「史小姐，別擔心，你並不寂寞，社會上有不少老小姐，均認為戀愛無益，有損身心，費時失事，她們的杏仁部位，發育比較弱小，所以，她們的性格，叫她們專注努力工作，每每成功率甚高，你知道古時的自梳女嗎，還有，全身投入宗教的女子……」

史璜發獃，是先天，不是後天選擇，她還以為自己有定力。

巫醫聲音低下去，「有時，這並非不幸，杏仁部位太過發達，令一個人的思維糊模，作出錯誤決定或抉擇。」

史璜失去說話能力。

「故此，史小姐，你目前心情煩躁不安，只是情緒毛病，心中有疑團，我可推介心理醫生給你。」

史璜過一會才說：「謝謝你醫生。」

「我們是同類人呢，我亦從未考慮過婚姻。」

史璜與巫醫生緊緊握手道別。

她走出醫務所第一件事是找路斯與河川。

她倆也正在找史璜，約在小咖啡店見。

她們都自醫生處聽到同樣報告，困擾非常，用手抱着頭，一時無言。

不是巧合吧。

「巫醫說她也缺乏杏仁部位。」

「近來越來越多女性遲婚、不婚，是否受此影響。」

「是環境污染毒害嗎。」

「藍光，是藍光荼毒。」

「你相信這件事是偶然嗎。」

「在植秀，沒有什麼偶然。」

「那麼，是有人摘除我們三人腦部某一部份？」

「我不記得我曾做過如此大手術。」

「也許，手術當時，你我是尚未有意識的嬰兒。」

「我寧願相信是先天缺憾。」

「劉教授——」

「他看着我們長大，也許他知道端倪。」

「這麼說，他已觀察我們若許年……我們是他的實驗品。」

「他的研究題目是什麼？女性沒有婚姻是否有益社會勞動力與經濟？」

大家沉默。

多少女子因錯愛而大傷元氣，以致一蹶不振，一事無成。

她們知道一位同學，因遭男友拋棄，整整一年，穿着寒衣，大暑天人若癲癇在街上亂跑，家人與朋友都以為她活不下去，但是，她又沒死，終於脱下又臭又髒冬季大衣，患了皮膚病，不知醫多久才痊癒，全身瘡患，襯衫透着點點血漬，可怕之極，家人與朋友又以為她不會再度痊癒，不久她患腦癌，散佈全身，終年不到四十。

眾人大惑不解，這同失戀有關係嗎。

抑或，是她情緒天生脆弱，借機發作。

「也許，替我們做摘除手術的人是為我們好。」

「那不公道，也許我們會有幸運的愛情生活。」

「嘿，你也不小了，聽過這種事嗎。」

「也許，對一個男子癡心是種享受。」

路斯說：「好說，我不希罕，我不會把自身安逸寄託在另一人身上。」

「聽說戀愛給人一種極樂的感覺。」

「某些有同效能藥物因此也使人迷戀不已。」

「我們是永遠不會知道了。」

「免疫，應當恍然若失否。」

「沒那樣總是想那樣，得不到的又是最好的。」

史璜說：「我滿足現狀，得不到的，管它呢，目前擁有自由自在，才是最好。」

路斯收到一個電訊，「啊」，她充滿喜悅。

把電話遞給史璜看。

河川驚呼：「洋娃娃一樣。」

鄧心潔晉升為母親。

小李眼鼻通紅抱着母女，真是頂級漂亮的一家。

鄧先生太太面有喜色，一掃頹態。

耳聽把照片放大印三份，各自裱起，放顯著位置。

「寶寶好看，還是心潔小時候？」

「心潔比較瘦。」

她們兩姐妹到加州探外甥，又傳回許多照片。

才一點點大，未曾走路，已經游泳，泡在泳池，睜大雙眼。笑嘻嘻，一點也不怕。

史璜她們家中，擺滿寶寶各種姿勢照片。

寶寶叫鄧嬰。

但不久，鄧太太便去世。

辦完事才知會三人，免她們又走一趟。

小李親自帶回鄧太太一些首飾，作為紀念，分發二代女子。

奇是奇在她們幾人對閃爍珠寶沒多大興趣，「看是很好看，戴着上街怕丟失，全部重新送進保險箱。」

小李微笑，「心潔也不嗜華貴。」

「初為人父，忙得不可開交吧。」

「唉呀，我、妻子、保母，三個大人，被一團粉支使得團團轉，寶寶會哭，聲音宏亮，隔壁鄰居都叫救命，半夜走來投訴，住了哭，嘔奶，排洩，大人忙得吃飯功夫也無，輪流扒兩口，又把她抱手中，等滿月，猶自不戒夜奶，起來幾次，不睡，眼睛轉不停，伸出胖胖手，開始指這指那，哎唷。」

他筋疲力盡，但其餘人等聽得羨慕不已。

「心潔呢，可有不耐煩。」

「都是心潔寵壞，睡着還抱住不放，手肩都酸痛，貼滿脱苦海，頭髮剪短，只穿運動衫褲，不復嬌美之態。」

她們駭笑。

再也沒有其他的事，才不過三天，小李又趕回家做奴隸。

史璜把這些消息，都輸入電腦記錄。

一日，正在忙，熒幕忽然打出一行字：史璜，你好嗎。

史璜沒好氣，她的私人電腦，堪稱全市最乾淨毫無垃圾雜質，一早叫植秀科技組同仁掃得明明白白，百毒不侵，一直相安無事，怎麼今日忽然有莫名其妙問好。

廣告公司魔功越來越高。

她一手把廣告揮走。

怕是化妝公司新出口紅宣傳吧。

史璜輸入寶寶泳裝照，看到她胖胖小豬模樣，忍不住獨自哈哈大笑。

「史璜，看樣子你過得相當開心。」

這下子，史璜被嚇住。

什麼，這是誰，你聽得到，看得到？

她啪一聲關上電腦。

這可不能不警惕。

那夜，她沒睡好。

第二早，把電腦帶到植秀電腦組。

該處同事當然認得她。

讓她喝茶吃點心，立刻檢驗。

半小時後把手提電腦還她。

「史小姐，無事，根本無人入侵，也無人聯絡，您這部電腦，並不用作聯絡，不過是一本記事本。」

「可是——」

「你可有看錯，並無短訊記錄在內。」

「是我眼花了。」

「連查資料的記錄也無，您有許多部電腦吧。」

「謝謝你。」

「電腦式樣頗舊，彷彿是植秀十多年前分發給同事用的品檔。」

史璜的心一動，又想不出是什麼。

「您放心用，再有問題，換一架，植秀現已研發無敵手提電腦。」

「不用不用。」

應該換一架，不願換，也說不上為什麼，是念舊吧。

她默默回到補習社。

河川說：「等你呢，教育署派員調查。」

有人妒忌。

那名員工斯文有禮，連忙自我介紹。

「什麼事，請清心直說。」

「有家長說，你們這補習社教學用偏方。」

史璜沒好氣，「你是指我們用符咒拜響尾蛇祭起神秘法寶嗎。」

「對不起，對不起，誤會，誤會，你們教學，不用一般方式。」

「這位先生，你可要旁聽。」

「聽說，教文科，你們採用戲劇方式。」

「是，一個學生演羅密歐，另一個演茱麗葉，我本人演奶媽，他們特別記得住內容。」

「這倒也常見，可是數學，尤其是幾何代數，你們用一種奇怪的公式……」

「河川負責拜鱷魚，河川，你來說一說。」

那位來自教育署的工作人員異常好性子，「是，是。」

河川走近，「這位先生，不知你讀何科。」

「呃，商管。」

河川點點頭，在黑板上寫一連串公式，「這個，相信初中生都懂，是代數中尋求C的數目，一連四個步驟，費時失事，起碼五分鐘。」

她又寫一道程式，「這個，是天文物理尋求太陽日冕飛揚時∩型度數公式，一個步驟，三十秒，初中數學只求答案，在試卷上圈出選擇題準確數目字，並不理會如何得到這個數字，為什麼不用最直接快速方法？」

「但是——」

「跳過十多級可是。」

「尚未打好基礎，一步登天，於理不合。」

「你的學生你教，我的學生我教。」

史璜說：「你回去與數學教授談一談。」

那位先生把黑板公式抄下。

「三位為何任補習老師。」

路斯笑，「我們喜歡走捷徑。」

「可以看一看補習社的執照嗎。」

「我們收生不足三十，毋須執照，但也有正式文書，請查核。」

那人辦完事告辭。

「懷疑我們偷弄巫術呢。」

「那應去搜查植秀。」

「對，那班學生可還爭取你的人頭？」

「我等已被解僱，人頭已不吃香，他們又去求別的教授的人頭，作為拍馬屁手段。」

「世態炎涼。」

「你去植秀，可是尋根。」

「劉師所有檔案經已銷毀。」

「也許，還有蛛絲馬跡，寶貴研究，哪捨得說丟就丟。」

「他已經不在，遺物當然任人處置，這個故事告訴大家，自來無一物，徒然染塵埃。」

史璜頹然，「在劉師遺物中，或許可以尋得我們秘密。」

「三個笨女人，一直誤會自身明敏過人，如此而已。」

河川說：「我有話同那個阿力說。」

阿力不大會說話，但是態度誠懇，已得八十分。

「阿力，你好，請不要客氣，有話直說。」

「明白。」

「阿力，你對我們陳耳聰，可是有長久期許。」

這人，只說一個「是」，額角已經流汗。

「但是，耳聰已考獲獎學金，將赴英進修，而且，這一去，許或不止三五年。」

「知道。」

「長距離友情，可以持續否。」

阿力忽然鼓起勇氣，「只要她願意等我，我一定等她。」

「若果事情有變呢，你會氣忿傷心？」

阿力低頭，「我會難過。」

「還有，浪費的時間，追不回來。」

阿力這樣說：「與耳聰在一起的時間，照亮我的生命。」

啊，不可小覷這老實人，精誠所至，人人都是詩人。

他說下去：「我們決定每星期寫一次信，耳聰喜歡收到貼郵票有信封親筆書寫信件。」

但，劍橋是另外一個地方，耳聰漸漸可能把時間用在追蹤拜倫在校園內的鬼魂，或是，尋找牛頓曾經刻過名字的書桌。

阿力其志可嘉，其情可憫。

「你會探訪耳聰？」

「先等她安頓下來。」

「你也知道機會率是多少吧。」

阿力回答：「我不知道，阿姨，你知道嗎。」

對於連連潑向他頭頂冰水，他有點不樂意。

路斯嘆口氣，放他走。

耳聰說：「阿姨你不樂觀。」

「上了年紀，對世情略有瞭解，也許，未來這幾年，如你與他都沒再碰到更好的人，終於會相聚一起。」
「阿姨對男女感情一絲信心也無。」
「你說得對，我先天有缺憾，耳聰，不要給阿力虛幻的希望。」
「我不是那樣的人。」
美麗新世界會改變一個人。
尤其是一個少女。
阿姨們替耳聰準備許多冬衣，以及載不動的忠告。
目明揶揄：「阿姨們對英倫的認識全是四分一世紀之前的事。」
史瓊氣不過，「英倫這地方，百年不變：勢利、昂貴、冷淡。」
耳聰說：「四年好回轉了，之後，到清華。」
河川說：「帶一座仿製牛頓的八大行星天文儀給我。」
路斯把一疊英鎊塞給她：「慢慢用。」
史瓊說：「奇怪，讀書時老覺得鎊紙又厚又大張，原來不是。」
「讀書時，什麼都好，天虹有九道顏色。」

對耳聽遠行，竟羨慕不已。

沒想到三胞胎之中，環境最差父母雙亡的耳聽，反而努力升學，有志者，事竟成。

阿力也來送飛機。

耳聽那天精神奕奕，與男友只輕輕擁抱一下。

史璜特意過去用力拍打阿力厚實肩膀，可是，地球另一邊，何嘗沒有成千上萬的漂亮肩膀。

世上沒有經得起考驗的感情。

這時，傳來心潔懷第二胎的消息。

目明正在搓麵粉，吃一驚，「唷，這麼會生，搶盡鋒頭」，用手擦汗，一臉粉。

「這是千真萬確她的骨肉，年輕，多生幾名沒相干，不過，都姓鄧嗎。」

「說是這樣說。」

「小李不介意。」

「我是他，我也豁達，鄧家生意此刻由他說了算。」

「我也嚮往小腳板在家裏啪嗒啪嗒走路聲，唉。」

三胞胎一個做麵包，一個讀法律，一個生孩子。排名不分先後。

目明遺憾，「三位阿姨仍然沒有男伴。」

年輕時也有人示意，一隻手輕輕搭肩上，史璜緩緩側腰，滑走那手。

男同學說：鐵石心腸，毫不動心。

被人譏笑：也許，人家一顆心翼動的，不是你呢。

但是史璜與劉教授不一樣，她會主動圈着他手臂，並且向其餘女同學仰一仰下巴，表示「這是我的特權」……

那樣好的日子也會過去。

當然不捨得，最迷糊的是，怎麼匆匆會過去，已經不是不小心，不是不珍惜，但還是過去了。

補習社，真是她們三人的歸宿？

漸漸有大學生問津，想尋求數學之門。

河川勸道：「若不是水到渠成，就不要讀這一科，勉強湊合，有何幸福？不要說數學如此，美術、文學也一樣，有學生讀英國勃蘭登的《天使女王》長詩，終身感動，我一看，整整六冊只一首古英詩，抗拒至今，讀後成仙得道也不讀。」

學子們只覺得三人導師活潑。

當初，她們也如此看劉師。

那一邊植秀越來越功利，化學組專門研究如何處方脫痣除斑的的瓊漿玉液。

路斯諷刺：「鏹水最好。」

「適量山埃可美白皮膚。」

她們三人仍然不顯老。

一直到離開植秀之前，還勸感情不順利的同事，「過片刻便好了」，她們哀哀痛哭，「幾時呢，都半年了」，「這樣痛苦會提早衰老，划不來」，這才叫怕，稍微抬頭做人，但始終感情失意還是刨去她們生命中若干年。

不過，蜜運中少年一臉晶光，瞇瞇笑陶醉模樣，或可抵償。

可以嗎。

有一句話叫愛情慢慢殺死你。

一日，陰天，風雨欲來樣子。

三個好友正結束那日補課，小李來訪。

他長了點肉，外型更加英軒。

與師姐們一照臉，本想說：怎麼一點不老！可是知道她們此刻對他印象大不如前，故此不敢造次。

不出所料，史璜臉色一沉，這人怎麼來了，她最討厭有人不經預約無故出現要求見面說話。

可是，史璜忽然看到小李身後跟着一個小小女孩，一點點大，才三兩歲，已經斯斯文文露出可愛笑臉，甜嫩聲音這樣說：「你一定是媽媽的史璜阿姨，我是鄧嬰，我媽媽是心潔。」

史璜怔住，小李把鄧嬰帶來，叫她語結，她蹲下，「鄧嬰，你好，媽媽沒回來？」

鄧嬰有紋有路答：「媽媽在家照顧妹妹鄧姿。」

次女叫姿。

路斯與河川迎上。

鄧嬰清晰說：「我知道，你們是媽媽的路斯阿姨與河川阿姨。」

史璜幾乎哽咽，把對小李的不滿忘記大半。

小李問女兒：「妹妹叫什麼。」

「妹妹叫鄧汝。」

史璜嚇一跳，心潔已經快第三胎。

看着鄧嬰秀麗小面孔，應該的，不然像三個姨婆，一個下代也無，地球會凋零。

這時小李看看黑板，一怔，「你們在教純數學？」黑板上全是數學科大學生也未必見過的公式。

史璜把黑板上公式拭去。

「可有碰到天才學生？」

河川輕輕答：「世上真正天才，少之又少。」

「小李你這次回轉，為着公事吧。」

「也帶小嬰見見親友。」

鄧嬰示意想說話。

小李微笑，「你講。」

「媽媽說，叫我問候她目明阿姨，她家麵包最好吃。」

可不是，那豬仔包叫人難忘。

「鄧老身體還好嗎。」

小李嗒然：「生命就是那樣。」

「怎麼了。」

「忽然衰退，只在看到幼兒之際，臉上皮膚才會緊一緊，否則，整天渴睡，不願醒來。」

史璜頷首，她吁出一口氣，「小李，傍晚，你有空來一次，我們有話要說。」

「你們心意，我全明白，我對心潔，終身不貳。」

「不是這個，另外有事。」

「可否先透露一二，免我忐忑。」

史璜講出因由。

「呵，」小李放心，「那難不到我，我七時許到史璜家，一起吃晚飯。」

又被他混過去。

小李與孩子及保母告辭。

河川說：「史璜你的電腦怎麼了。」

路斯則說：「小李這人真是奇人奇命，你看他，前半生沒積蓄，後半生沒收入，可是衣食住行一樣不缺，出入賓利房車，身穿布祿斯兄弟西服。」

河川微笑，「可是，孩子都不姓李。」

「你聽，人家女兒名字多好聽，嬰、姿、汝，汝字三點，是老三。」

「對呀，我們都叫河川路斯史璜，抗議。」

「鄧嬰多精靈。」

「我們三人越老越勢利。」

「沒法子，呼吸萬惡商業都會惡濁空氣日久，受到污染。」

接着，哈哈大笑，真的像不老山人。

晚上，大坨雨雲終於打開天窗，嘩嘩聲降下滂沱雨。

小李準時抵達，帶着最道地的粥粉飯麵。

「請把電腦取出我看。」

史璜自鎖着鋼櫃取出。

河川與路斯一臉問號。

史璜斟出香檳，「小李，先賀你多子多孫，五世其昌。」

「謝謝。」

這時小李已經按動電腦，如入無人之境。

「你真念舊，這還是植秀時期古董。」

不到五分鐘，已知道出了什麼事，「噫。」

在一邊張望的路斯與河川也吃驚沉默。

「史璜，你好嗎。」

這是誰。

小李凝視句子字樣。

這次，熒幕上忽然彈出幾句：「三胞胎歷劫紅塵已經長大成人，可賀。心潔已任母親，感謝史璜在日誌告知。」

史璜後頸寒毛豎起。

小李連忙關上電腦，拆開仔細查視。

「一點紕漏也無。」

什麼。

「即是說，假如這具電腦是一個人，那麼，毛病不在後天，而是先天。」

史璜大驚，「你是指，植秀把電腦交到我手上之際，已經設有這個人這些句子？」

「史璜，枉你被植秀稱作聰明學生之中的聰明學生，你難道到此刻還不知此人是誰。」

路斯聲音低沉：「劉教授。」

「不，劉師已去世多年。」

「不是劉教授還會是誰。」

「這是劉師的靈魂。」

大家忽然沉默。

竟是劉教授。

他的靈魂，即是電腦計算，把資料預算綜合，得出99%準確結論。

這與古華人的算命、觀相、測字、占卜，有類同之處，大量集中資料提供準確可能性。

小李忍不住鍵入：「教授，我們無日不想念你。」

「這是小李吧，植秀大詩人。」

「我已與心潔結婚，教授。」

「呵，這倒沒想到，但我知心潔會早婚。」

「如何知道。」

「她環境最佳，毋須在學業與事業上努力。」

嘿，就那麼簡單。

史蹟輕輕把小李推開。

「教授，為什麼獨在我的電腦上留言。」

「不是呀，河川與路斯電腦上也有同樣裝置，只是，她們一早把植秀電腦棄置，另覓新歡。」

她們二人臉都紅了。

「教授，有許多許多問題——」

「我不能逐一解答。」

「教授，為何輕生？」

「……」

「教授？」

已經沒有音訊。

史璜大怒，「誰，誰問那麼笨的問題？」
小李說：「靜一點，慢慢來。」
「這便是古人說的鬼魂嗎，存在電波裏。」
「如果純是電波，那麼，電王鐵斯拉見鬼最多。」
「是否數學，你說一說。」
「像問一加二等於什麼，電腦會回答等於三，你問史璜是何人，電腦會回答是笨人，答案一切已儲藏在資料中。」
「真可惜，教授身後還似很關心三胞胎計劃。」
「這計劃不算失敗，三個孩子健康成長，她們勇氣可嘉，鎮定渡過劣境，並不抱怨。」
「劉教授需要的答案，就是勇氣？」
「你想想，一個嬰兒左搖右擺站起雙腿學步，難道不是靠勇氣，始祖人第一步便是雙腿直立，騰出雙臂狩獵。」
「尤其是耳聰，治療火傷，何等痛苦，從未呻吟。」

「心潔生孩子呢，唉，我有一個鄉村獸醫朋友，她說，最怕替難產母牛催生，不因殘酷血腥苦楚，而是同女性生產差無幾，人們看到的只是產後母嬰擁抱微笑情況，無人再提過程慘烈，事實至今廿一世紀，醫學如此發達，仍有不少產婦不幸殞命，這是一命換一命的營生，華人說生產好比去鬼門關兜一圈。」

「目明每朝四時起來做麵包，十多年從不間斷，少一點毅力都不行，她父母退休，她獨立撐一間店與三名伙計——」

「劉教授會滿意結果嗎。」

「哈，還要怎麼樣。」

小李要求帶走史瓚的手提電腦，慢慢研究。

史瓚斬釘截鐵，「不行。」

「我一定盡快歸還。」

路斯揶揄，「不用多講啦，誰讓你沒好好哄撮着史瓚，現在你再不是她愛徒，你同平常人一樣矣。」

史璜說：「我才不需要任何人迎合，這具電腦根本過不了美海關。」

「乘的是私人飛機。」

「我不能冒險。」

「來，小李，一起去目明店裏吃豬仔包。」

豬仔包小姐明媚活潑迎出，手裏捧一大箱出爐麵包，家長們排隊輪候買回家給放學小朋友當點心。

「璜姨來了。」

目明知道規矩，做一壺好咖啡，在後間招呼長輩。

她有點靦覥，「我正想找三位阿姨，小李先生，見到你很高興。」

「什麼事。」

目明有點吞吐。

「但說無妨，自己孩子一樣。」

「璜姨，麵包店房東要求加租三倍。」

路斯一怔，「什麼，物業不是自置？」

目明低聲，「生意雖然不錯，但一直未有能力買下店面。」

「糟。」

「限期是今年底。」

目明忽然憂慮，雙眼潤濕。

「有無賠償。」

目明寫在一張紙上，「這個數目。」

「啊，還算有點良心。」

目明說：「父母還有一層小小老公寓，尚可過日，我呢，真不知往何處。」

路斯不以為然，「你還有我們三個呢。」

目明看着三個阿姨，「十年後的你們呢，你一直像孩子般無憂無慮，毫無計算。」

什麼。

她們怔住，被目明一把捏住痛處。

她們不是不知道，近年來三人像越活越回去，過一日是一日，甚至沒有好好重新找工作，優悠得幾乎胡混。

三人還挺胸凸肚認要保護目明。

她們面面相覷。

這時小李出聲：「房東想要什麼價錢？」

「我們沒錢，沒敢問。」

小李忽然説：「把事情交給我。」

史璜站起，「不可以要男人的錢。」

「我確是男子，但我是目明的姐夫，我抱過襁褓中的她。」

「那是一筆巨款。」

「我此刻是個生意人，我有分數。」

目明站立，「謝謝李哥。」

小李見她願意接受，不勝歡喜，「這當是我私人投資。」

大家不好再出聲。

小李說：「心潔想念你。」

「我也是。」

目明抹一把臉，出去招呼人客。

她雙手雙腳不停，勞碌命。

小李告辭。

史璜放心，這上下小李恐怕有一整隊律師為他做這宗買賣，毋須三姐妹擔心。

路斯悶悶不樂，「我們三人可真是越活越回去？」

「植秀的救濟金用光怎麼辦。」

「不要去想那種煞風景的事。」

「一直逃避嗎。」

「人比積蓄長壽，真是頂可怕一件事。」

「真是，李白與蘇東坡交不出房租，也得被房東趕落街。」

「英國的莎士比亞最會得算錢，他們劇團作私人演出，要黃金作酬勞。」

「說說你自己吧。」

「才高八斗的你我，可有一條電商實用公式，沽出售錢。」

「河川最沒用，她讀的是純數，無為。」

「咄，你們又好多少。」

「今日最好是發明生髮水。」

「所有能幹的化工師都集中植秀化妝品組。」

三人頹然。

「如果護膚要從三十歲開始努力，那麼養老也要自三十作準備。」

「我們是遲了。」

「不要擔心明日之事，可幸我們沒有家累，否則，還要為子女擔心。」

「不是養兒防老嗎。」

史璜笑得眼淚都流出。

她把該日之事登記在日記簿上。

她發牢騷：「外觀還可以，正慶幸因子不錯，但經濟恐生問題。」

熒幕上閃出答案：「那，還不是因為不夠聰明的緣故。」

史璜一時忘記同她對話的是劉教授生前預言，他早知會有這種問題，一早準備好答案。

她不忿：「我史璜還不夠聰明？」

「史璜你學業真是一等一。」

「能不努力嗎，我們三人一無所有，唯一戰勝出生的機會便是有個優秀學歷。」

「可是，沒看到中年以後的生活。」

史璜頹然，「少年時飛揚跋扈，以為活到三十已是極限，無憾，況且工作忙到不堪，教授應記得在實驗室我們三人做到整個星期不回家，渾身發臭，不得不發明效能最超卓漱口水……」

教授 he he 笑兩聲。

史璜見他不出聲，想關掉電腦。

「史璜，你快樂嗎？」

「嚇。」

她想一想，「像我們三人，逍遙自在大半世，除出真正想得到的，其餘一切，也都得到了。再說不快樂，雷公會劈死我們。」

那，即是不快活。

「你真正想得到的，究竟是什麼。」

「男歡女愛。」

教授不再出聲。

熒幕上一點亮光，不住閃爍。

史璜與教授對話，心事像得到釋放，那夜，她睡得比較穩。

目明一早找她，「璜姨，李哥辦事迅速，約在律師辦公室下午三時解說買賣條款，希望你陪我。」

「我準時到。」

「璜姨我愛你。」

史璜微笑，孩子們均如此，事事如他們心意做，他便說被愛愛愛。

小李的代表律師與業主已經談妥。

「請在此簽名，這裏，與這裏。」

史璜相當幽默，「可以看看大字與小字嗎？」

「當然。」

「可以要一杯咖啡與鬆糕嗎。」

「璜姨，我自己帶了點心。」

她一打開盒子，眾員工問：「那麼香是何種食物？」

走近分着吃芝士豬仔包。

文件極之簡單，業主易人，改為鄧心潔，照原租續約租予王目明，為期十年。

目明鬆下一大口氣，伏在史璜肩上，忍不住落淚。

就那樣，有能力的人一出手便救了她。

律師樓的助理笑嘻嘻跟她倆回店買麵包，足足買十盒帶回去。

王老先生問：「難題解決？」

史璜點點頭。

「史小姐像神仙一樣。」

史璜苦笑，她不過是凡人。

整日，目明都靠在她肩上。

小時，史璜每次陪她做妥深奧功課，她都如此表示感激，軟軟暖暖小身體，無限溫柔。

王太太做了燉蹄膀，留史璜吃晚飯。

史璜索性把河川與路斯也叫來。

三人吃很多，吃不完用盒子帶走。

路斯問：「可有耳聰消息，她給我圖文都經過刪濾。」

目明笑着展示她的訊息。

嘩，酒館中人頭湧湧合照，只穿兩截泳衣表演跳水，火傷疤痕盡露而豁達，做牛肉湯麵請客，測驗幾滿分豎起拇指……精彩萬分，當然，少不了康河散髮弄扁舟。

照片裏當然沒有阿力。

沒有人提到那個名字。

史璜嗒然。

王老太輕輕説：「目明還沒有親密男友。」

「你着急？」

「不，我自私不捨得她，遲些不妨，女子有一頭家，忙得團團轉，吃苦。」

史璜微笑，今日父母想法也不一樣。

賢妻良母又要工作又得顧家，老闆一見孕婦職員及她那十六週產假便頭痛，家裏又不能百分百顧到，兩岸不討好，子女長大鬆口氣，不久或許帶着第三代回轉，那女兒便成為夫家三代奴隸，公婆如長壽，那便是四代人，不知為何古人憧憬五代同堂，十多廿口，不知由何人供養，天方夜譚。

王老太回憶，「當年我無生養，王家上下對我眼睛白進白出。」

史璜微笑，坐小櫈上閒談家事，是一種樂趣。

「我們都以為小李先生與你是一對，不料娶了心潔。」

王老先生看妻子一眼。

「唷，我多嘴啦。」

「沒關係，沒關係。」

「誰娶到史小姐，那才叫福氣。」

史璜告辭。

第二天，她在補習社門口碰到阿力。

這大男孩曬得赤棕，總有些靦覥，寬大肩膀越發壯健，談不上英俊，卻是個鬚眉男子。

「阿力，有事？請進來坐，慢慢説話。」

阿力訕訕坐下，看到黑板上寫着希臘字母：最為人識的是 π 與 △，還有 Ω。

課室只有礦泉水。

「璜姨別客氣。」

他額角冒着亮晶晶圓形汗珠，煞是可愛。

「仍與耳聰通信嗎？」

「我打算這個復活節假探望耳聰，她陪我去巴黎與羅馬。」

「那多好。」

還以為他倆沒有了，誰知還維持着，真不容易。

他一定還有話說。

史璜用目光鼓勵。

「璜姨，我想進修。」

史璜一聽便不以為然。

「這是我的學歷表與證書，請璜姨看看，可以升什麼科讀哪間學校。」

她看着大男孩，「這都是為着耳聰吧。」

他陪笑。

「你不必迎合耳聰，她生下便愛讀書，上學是她生活全部，舉一反三，她是師之寶，但做朋友，不論學歷背景，若有人看不起你，那便不是朋友，毋謂高攀。」

說得刮辣鬆脆。

「是我自己想升學。」

「你有小生意人天份，並不簡單，許多人讀完經濟及商管，還沒有你能幹。」

阿力只是陪笑。

「你放下物流公司，家人生活怎麼辦。」

「有大公司願意收購我這間小店，我把條件也帶給璜姨過目。」

「你是下了鐵心了。」

「璜姨，我不知說得對不對，像約會耳聰，我總先理髮剃鬚換上一套乾淨衣褲，這學歷也一樣，我不想失禮於她。」

史璜氣結，這話似通非通，總而言之，他對耳聰一片真心。

「璜姨，爭取學歷，不是好事嗎。」

有話直說：「我怕你會失望。」

他還是微笑，「那，還是盡了力。」

史璜用手撐着頭，「精誠所致，金石為開，我是怕你為了一個女孩子花那麼大勁，將來後悔，覺得不值。」

「啊，不會，怎麼會呢。」

「也許是我悲觀——」

「璜姨，你的忠告，我全領會記住。」

史璜拍拍他肩膀，「把文件放下，我找人看看。」

「多謝璜姨。」

「有消息我知會你。」

「明白。」他鞠躬告辭。

史璜沒把更涼薄的話講出：投資感情最划不來，往往血本無歸，倘若真正情投意合，毋須努力遷就……想來這憨魯小子也不會明白。

她找出一張名片。

這是上次小李介紹代表目明麵包店的律師。

她讀出名片上姓名：「我找申新先生。」

「我正是，哪一位。」

史璜喜歡他直接，介紹了自己，約好時間。

她把阿力文件帶上去。

申律師這樣說：「這孩子功課不錯，往加國或澳洲升學沒有問題。」

「他想往英國。」

「英籍學歷與從前是不能比了，那地方又冷又傲，生活費用昂貴，脱歐與不脱前後經濟受影響更加不易居。」

「他女友在該處。」

「啊，唉，那就沒話説了，他家長願意捐一間宿舍抑或圖書館？」

「他什麼也沒有。」

「裸讀？三級學堂農科或許還有位子，我替他找一找。」

史璜倒抽一口冷氣。

她打量申律師，這人實事求是，一絲不含糊，叫客戶不存半點幻想，真是好律師。

「如今，什麼科最擠？」

「商管、計算機科學、醫科。」

「生物學可有空位。」

「如果有興趣研究馬達加斯加的犀牛甲蟲，或許有可能，但你的學生數學欠佳。」

史璜愕然。

「我有一個阿叔，研究該類甲蟲二十年，發現到甲蟲求偶時會唱六首歌。」

史璜駭笑，掩住嘴。

申律師發覺這位史小姐真可愛，完全與年齡不符，一般女性到了這年紀，因吃得苦多，十之八九會變得相當功利拘謹，但她不是，仍然敢說敢笑。

她說：「請你看看這份收購文件，提供寶貴意見。」

他還看着她。

「費用由我支付。」

「啊不用，我受聘於李先生。」

「李先生是李先生。」

申律師放心，史女士與李氏不相干。

「我盡快回覆。」

沒想到他親自到補習社。

看到黑板上希臘字母，輕輕從A讀到Ω。

「孩子們讀這個，不太早一點嗎。」

「他們記得住百多個卡通人物名字，豈不是更加複雜。」

「是，是。」

申律師表示他可以代表阿力簽收購合約，條件算是不錯，小型公司遲早會被吞併，脫手早勝於遲。

史璜把阿力叫來聽意見。

至於學校嘛，「你女朋友在哪一間學什麼。」

「劍橋讀法律。」

申律師看史璜一眼，立刻在網上查陳耳聰這個學生，不到一會就說：「她此刻與一組三個同學在修福郡查一宗女學生謀殺懸案，這是實習題目。」

史璜真希望阿力知難而退。

阿力卻說：「她與我提過。」

「你是想離她近一點吧。」

阿力面紅。

「我替你研究。」

申律師邀史璜喝咖啡。

史璜覺得好笑，看着他梳蠟整齊的西式頭與筆挺西服，根本不是她那杯茶。

但忽然點頭。

是阿力的勇氣鼓勵了她。

她邊喝咖啡邊說：「社會不乏苦出身的成功人士。」

申律師說：「阿力先生不好算苦出身，他豐衣足食，又正式讀至中學畢業，史小姐，你可要聽我的故事。」

史璜吃驚，不敢再問。

「史小姐，你一定在幸福家庭成長。」

史璜忍不住輕輕答：「我是被人丟棄在教會門口的孤兒，由育嬰院照顧。」

申律師震驚，呆呆看住史璜娟秀面孔。

猜一千次也不會得到這樣答案。

這好像比賽誰出身更加寒微，故此今日成績更加可貴。

社會風氣真有些變了。

「史小姐，可以約你吃飯嗎，我是半個食家，知道何處有可口食物。」

「我生活乏味，不愛看戲聽音樂或飲宴，你會失望。」

「啊，你是說，你是一張白紙。」

史璜不置評。

再說吧。

半夜，收到河川緊急電話。

「找到了。」

「找到何物何人何事？」

「舊時植秀發下電腦，我仍保存型號，在互聯網追尋失物，結果在東亞某國找到，底部還貼着我的名字，確認無誤，賣主索取高價，以一萬美元成交，已經寄到，我等你一起拆開。」

史璜吐出一口氣。

「這算是『尋找失去時光』嗎。」

「百分百。」

河川抱着舊電腦趕到史璜家，路斯也到了。

她帶着酒，「人生煩惱，先喝香檳。」

河川輕輕打開速遞紙盒，她們看到一具破舊手提電腦，賣主沒有騙她們，千真萬確，是植秀實驗所舊物。

打開，內裏七零八落，不過不要緊，她們要的是神秘記錄。

沒有密碼，一按便着，三女看着屏幕，發獃，掩嘴。

電腦打出上古電腦吃鬼遊戲，主角開始嘟嘟嘟神氣活現地在迷宮中巡迴尋找獵物。

路斯先大聲笑。

這原本是最可愛的電子遊戲之一，經不少遊戲迷重新發掘，玩得不亦樂乎。

「改裝得神乎其技。」

「河川，你到植秀走一趟，看他們能否幫忙。」

這時，河川與路斯把電腦接駁控制器，全神貫注玩起遊戲。

沒有，她們不夠誠心，沒找到劉教授任何蹤跡。

傍晚，河川與路斯累了在沙發擠着打盹。

史璜把她們睡相錄下載到電腦：看她們的憨態！真與兩人的吃相有得比，越活越回去了。

史璜彷彿聽到劉教授大笑聲。

隔兩日，河川約她們往植秀走一趟。

舊學生已經升為職員，看到三位女士很高興，「可否請你們回植秀做顧問？」

河川閒話少說，把她舊時電腦取出。

「啊，」他們驚嘆，喚同伴前來觀看，「恐龍呢。」

打開，更加歡喜，「吃鬼遊戲！」

河川氣結，「我要洗手。」

舊學生這樣說：「院所經過復修，恐怕訪者迷路，這是地圖，請照着綠燈指示走，錯了，紅燈會告訴你。」他給她們小小一塊電腦版。

三人面面相覷。

「來錯地方。」

「地方沒錯，時間錯了。」

儘管有綠燈指路，還是走錯方向。

越走越深，全無窗戶，照明燈光帶淺紫色，似要為不知什麼消毒。

「退出去吧。」

河川一指，「那邊有扇門。」

「也許是別人的實驗室。」

「沒標出『止步』呀。」

手已搭在門柄。

順手一推，門打開，也沒鎖上。

確是一間實驗室，除出各種儀器與熒屏，只有兩張小小眠床，傳出微弱嬰兒哭泣聲。

路斯好奇，「竟不知植秀有育嬰室。」

史璜慎重，「快退出。」

路斯卻說：「我最聽不得幼兒哭泣。」

她伸長手臂去掀開被角。

一看之下，她們驚駭無比，被角落下。

路斯雙腿發軟無力坐倒地下，河川退後，不知所措，沒去扶她。

史璜背脊在剎時間被冷汗濕透。

偏偏在這時候，手上的地圖板發出尖銳鳴聲，接着，傳出越來越近跑步聲。

史璜僅僅來得及把河川與路斯拉出門口。

門到這時緊緊關閉，嗒嗒聲上鎖。

保安員與舊學生趕到，一見是她們三人，明顯鬆口氣，急忙收回地圖板。

「老師，洗手間在那邊。」

「對不起，對不起，還是迷路了。」

慌忙由學生帶出。

「三位老師，」聲音低沉嚴肅，「植秀其實不歡迎訪客，以後，若有事，請約我們到外邊喝茶，」他交上名片，「請老師預先聯絡。」

三女中河川第一個有反應，「明白明白，以後必不再打擾，請原諒。」

學生把電腦交回，「無可修理啦。」

三女被帶領着離去。

是個大太陽天，眼睛都睜不開，但不知怎地，她們像置身冰窖，打着冷顫。

她們急急上車，拐了彎，停車，抱頭喘息。

到底是見慣世面有經驗的舊植秀同人。

河川輕輕問：「你看到什麼。」

路斯聲音如蚊子，「什麼也沒見到。」

河川又問史璜：「你看到什麼。」

「我來不及看，警鐘已大鳴。」

河川說：「很好，各自回家吧。」

「今天還有課。」

「那麼，回補習社。」

三人六隻手卻還簌簌發抖不受控制。

回到補習社，學生們已在等待。

她們躲進雜物間喝幾口拔蘭地，然後，漱口，走到課室。

學生們爭說：「老師，説一説宇宙黑洞，那張新發表照片，你們有什麼想法？」

史璜大聲答：「這不是天文物理班。」

「解釋一下給我們聽。」

「喏，我也是讀報紙得來消息。」

沒有這班可愛的孩子日子不知怎麼過。

到放學時分，家長來接，三個老師才恢復鎮定。

學生們雀躍，「媽媽，原來你説所有襪子洗後永不成對一定是某隻已經掉入黑洞是真的有黑洞。」

「黑洞距離地球五百億光年——」

史璜穿上外套，「我回家了。」

「今晚睡得着嗎？」

「為什麼睡不着，關我們什麼事，先去喝酒。」

喝得半醉。

「明天教什麼。」

「李白為何長期抑鬱。」

「因為（一）他的美酒其實不夠美（二）他入錯行（三）錢花光。」

「他應當研發這次觀察的室女座AM87黑洞。」

她們大笑，伏在吧枱上。

旁人以為她們失戀失態。

不，她們其實不會失戀。

戀愛，與失戀的本能已被切除。

半夜，還是醒轉，她在電腦記事本上登錄：「今日，我看到世上最——」

忽然被打斷，「你又不是不知道植秀實驗所內諸般古怪的人與事。」嘆息。

「不該戀戀不捨，像一種叫梁山伯祝英台的蝴蝶，在花叢打轉至精疲力盡。」

「惆悵舊歡如夢。」

「史璜，你就是有這個毛病，你看河川路斯她們多好，把舊電腦丟到腦後。」

「往日，你疼我多一點。」

「不，你多心了，一視同仁。」

「你這就不對了，一直套我的話，但對於你自己，卻密不透風。」

「你想知道什麼。」

「我們三人，可是第一代改造人。」

「哈，連我都不知道是第幾代，不不，你們只是實驗鏈一部份。」

「為什麼叫我們失去戀愛本能？」

「想叫你們快樂呀。」

「什麼?!」

「身為女性還不夠苦楚！爭取教育，爭取工作，爭取在家中與社會平等，爭取投票權，你可知直至廿世紀初葉，女性才有投票權？」

「但愛戀異性是人之天性。」

「被傳說得太過美好了，我問你，史璜，你此刻生活平靜愉快有何損失？」

「太不公平。」

「從來沒有人說會是公平。」

「劉師，你也是基因改造人，那麼，你可有愛戀本能？」

「沒有，我是教授中品德最潔淨一人，從不與年輕女生勾三搭四。」

這是事實。

「教授，今天我在植秀實驗室看到可怖——」

「史璜，你是怎麼了，你什麼都沒看到。」

「太驚駭了。」

「最可怕的是心變，最鍾愛苦苦追求女伴，忽然一定要拋棄，推倒在地，還要狠狠踢幾腳，其餘的，不算什麼。」

史璜苦笑。

教授說得對。

才隔幾天罷了，她們喝完酒出門，看到一個面貌端正衣著得體的年輕女子坐門口流淚。

保鏢無奈，「也是熟客……失戀……勸她回家，不願意，我們也很尷尬……快打烊啦！」

史璜她們忽然有點感激教授除卻她們的杏仁體。

河川去坐在那女子身邊。

路斯輕輕說：「起來，起來，不要教父母好友看到你這個樣子，回家洗臉淋浴，睡醒又是另外一天。」

她用手掩臉一直搖頭。

這時，有一男一女自酒吧出來，那男子看到一堆女子坐門口，一怔，隨即別轉頭，拖着女伴迅速竄離。

一看就知道，那是哭泣女子的舊人，如今如見瘟疫。

史璜生氣，「你在門外似乞丐般哭着等他拖着另外一個女人出來？你如此糟蹋自身，對得起你的學歷、職業，與手上這隻金錶？快給我站起！不，不准扶她，她要是不願直立，把她推進那邊的泥氹，豈不更加徹底！」

「我，我——」

「你什麼，祖宗十八代顏臉都叫你丟盡，我們走，別管閒事。」

河川一把將女子拉起，「來，我們去吃及第粥宵夜，告訴你，死了也是白死，是你浪費社會栽培。」

走到粥檔坐下。

偏偏先前那對男女也坐另一角，避無可避。

史璜忽然想起一個人。

她用電話找到申律師：「對不起，打擾你，睡了嗎，我們一堆女子，喝多了些，希望你送我們回家，沒問題？太感激啦，我們流落在——」

不消十分鐘，他便笑嘻嘻出現。

不知恁地，換上便裝的他看上去魁梧得多。

申看到她們，不禁好笑，喝了半夜，幾乎變殘花敗柳，還要吃宵夜。

他坐下，也叫一碗粥。

這時，鄰座吃客忽然悄悄避席。

這是怎麼一回事？

那個男子與女伴也趁機溜走。

路斯先發覺，「噫。」她說。

申穿着家常短袖T恤，露出強壯手臂，看仔細些，肌膚上全是花繡。

啊，通手臂滿滿紋身，他們叫「整隻袖子」。

但這紋身又不僅一般紋飾，人家用純深藍或五彩，申的紋身，全部淺褐色，若曬黑一點，根本看不出，她們忍不住握住他手臂看個清楚，約莫看到紋着的是——申輕輕說：「風調雨順，四大金剛」，難怪鄰座來不及避走。

那女子忘記哭泣，呆呆看着漂亮別緻紋身。

史璜靈機一動，「這是申律師，小姐，你——」

她面腫嘴腫，輕輕取出名片，分派新朋友。

申律師替她們結賬。

這次，女子不用扶也站得筆挺。

她輕輕說：「感激三位路見不平，拔刀相助。」

「你若見到更沒出息女子，也好生勸一勸。」

這一夜，總算結束。

第二天一早，補習社管理員給她電話。

「有一流浪漢坐在門口不願走，怕會嚇到學生呢，可要報警。」

「馬上來。」

光天白日，不用害怕。

是，是有一個男人蹲在補習社門口。

河川正與他說話。

他嗚咽回答，聽不清楚。

這時路斯剛到，一眼看出是什麼人：「小李！」

不就正是小李。

史璜大吃一驚，退後一步。

他們把小李拉進補習社。

「你到本市多久？」「為何沒更衣沐浴」，「發生什麼事」，「家裏平安吧」，「為何哭泣」，「別嚇人」……

「心潔，不要我了。」

大家呆住。

「胡說，三女之母，怎會生變。」

「是真的，她已單方面申請離婚。」

「為什麼。」

「她另外有對象。」

路斯跌坐。

上課時間到，學生陸續進補習社。

「慢慢講，你先回居所休息。」

「已經與律師講足三個月，講無可講。」

小李索性痛哭。

這叫做驟變。

史蹟把小李帶出。

「對不起，我太丟人。」

「你知道就好。」

「我從未不軌，一心一意為鄧家服務，對心潔言聽計從。」

毛病便是出在這裏。

「她帶着孩子，跟一意大利人到南歐曬太陽。」

史蹟攤攤手。

「你們都怕我會欺騙心潔，婚姻不長，可是不怕一萬，只怕萬一。」

史璜語塞。

半晌才說：「並非世界末日，先梳洗更衣。」

「心潔已把我心肝掏空——」

「大男人，不要肉麻當有趣。」

「真的，這裏，就這裏，穿一個大洞。」

史璜想笑又笑不出。

「下午再來補習社。」

年幼學生問：「那大男人為什麼哭？」

「他傷心。」

「是父母去世嗎，真淒涼。」

她們設法找到心潔。

「是，分手了，我此刻在塔斯肯尼，三個女兒已與我匯合，我有保母與司機陪同，不用擔心，你見過李某了吧，他可是扮演苦海孤雛博你同情？別理他，他在鄧家一切所有仍歸於他，一點不缺，他是功利社會的得意門生，不到一年必定再覓佳偶，那意大利人？他是導遊，你別多心，璸姨，你可要加入我的團隊，我在學做甜品呢，將與目明較量，唉，惹你擔心，真過意不去，這世界不過是你們三位阿姨對我真心，對！對，我還有三個親生女兒，父親？他已不大認得我，一次，對牢我說：『她們好算美女？我女兒心潔才長得好看呢，不過，小姐，你也很漂亮』，不說啦，我們出發看葡萄園……」

史璸不得不承認心潔與丈夫緣份已盡。

她嘆口氣。

見到小李，同他說：「男人，無論在何時都要抬起頭做人，不要與女子計較，不要用言語陰損推擠女子，切勿與女性爭意氣，為什麼？因為你母、妻、女，皆是女子。」

小李不出聲。

「相反，你的一生並沒有完結，才剛開始，你是一個幸運的男人，別人為子女學費傷盡腦筋，你三個女兒生來擁有豐富妝奩，不必勞心。」

小李沙啞喉嚨，「別揶揄我。」

「努力工作，讓自己看到成績，回加州去吧，那裏少不了你。」

「史璜，我一直喜歡你，要不是你取向——」

史璜聽到這裏，暴喝一聲：「我並無你想像中的取向！」

「你與河川路斯她們，其實也沒有什麼不對。」

「你可以說我們有老姑婆傾向，而且，不容你置評，即使是，在社會上，我仍是個有用的人。」

「史璜——」

「別多講，好走了。」

河川沒好氣，「男人，哭哭啼啼像什麼樣子。」

「沒想到他會失婚。」

「也沒想過他倆會結婚十周年紀念。」

她們有更重要的事。

河川出示銀行單據。

全部有紅字警示，指出補習社欠各種債項三個月以上，再不作出適當措施，將拉人封艇。

路斯問還剩多少存款。

河川給她看，存款尚餘兩千零三十五元。

「怎麼會！」

「上月喝酒就喝掉三萬。」

「什麼酒那麼貴。」

「瓊漿玉液。」

三人頹然，「貸款行嗎。」

「銀行已婉拒，指出補習社聲譽欠佳，疑以不正當手段取得試題，是以學生成績不正常地高超云云。」

「有無說我們是三個女巫。」

「那倒不致於。」

「希臘神話中有三個女巫，她們三人只共用一隻眼睛，十分淒涼。」

「路斯，別岔開話題。」

「我們將欠債結業。」

「莎劇麥克佩斯中也有三個女巫。」

「那就結業吧，已拖那麼久，算不容易。」

「不捨得學生們……」

情緒跌至谷底。

她們開始覺得做人沒意思。

史蟥回家，開電腦記事本：「危機，怎麼辦。」

答案來到：「這是現今城市內常見現象，遍地老青年，不知老之將至，毫無準備。」

「不能幫忙，就別多話。」

「這是什麼態度。」

「……」

「別賭氣，我給你一條公式。」

「何種樣秘方？」

「賺女性錢最容易，女性最關心什麼。」

「體貼丈夫，聽話孩子。」

「均是沒有可能之事，其他呢。」

「青春常駐。」

「太過籠統。」

「那麼，就是秀髮如雲，皮膚美白，體態輕盈。」

「你要什麼？」

「減脂！」

「那麼，我給你的公式，製成丹藥，一月內可減去五磅脂肪，以後，就得靠本人意志力，多吃蔬果，時時運動。」

「不，十磅。」

「史璜，你幾時學會市儈討價還價。」

「我是女人，我知道，五磅是女服一個號碼，從八號到六號不夠，降到四號才叫滿意，這樣吧，兩個月，服六十丸，減十磅，保證有效。」
「驟瘦於身體無益。」
「……」
「……」
兩人僵持一會，終於，教授讓步，「好吧，把我給你的公式上半截傳去植秀非細菌疾病科錢教授。」
「這人可靠？」
「他是與我一起研究這條藥方的伙伴，他一看便知是什麼，當年他半途而棄，我終於得到答案，只是沒有發表，你請他先支付——元救急，然後，才慢慢論價。」
「這，都是科學家，不太市儈醜陋嗎。」
「咄，人人都要吃飯，科學家不例外。」
「教授，我愛你。」
「看，沒心沒肝多好，越來越天真活潑。」

映屏閃亮，公式傳到。

三女看過，「噫，唉，啊。」

河川忽然說：「慢着，這公式好不熟悉，我曾經見過。」

「不會吧。」

「借電腦一用。」

「不可以給你們碰。」

河川只得用紙筆把公式譯繪成化學模型。

才畫到一半，路斯已經驚嘆：「我有這頭半段模型，此刻還擱在書架上，這是劉師送給我們的畢業禮物，記得嗎，一人一截，一共三具。」

史璜連忙打開抽屜把她那一截也取出，接上河川處。

路斯說：「我的最短，一直當鑰匙扣用。」

「原來劉師一早已保證我們生計。」

並且知道史璜會討價還價，把藥方定在兩個月減十磅。

「劉師料事如神。」

「他看我們長大，對我們言行舉止瞭如指掌。」

「滿以為他只疼惜史璜，此刻疑竇盡解，原來，他對我們三人一視同仁。」

「快與植秀聯絡。」

史璜鬆口氣，原先，她還以為又要找小李幫忙。

現在，總算挽回些少自尊。

——非細菌疾病科錢教授。

史璜把公式傳去植秀實驗科。

河川忽然沮喪：「不知可靈光，以後吃粥吃飯，就看這條公式。」

史璜打開窗簾窗門，讓陽光空氣透進。

不到十分鐘，回覆到達：「！！！史璜女士，請給我們一小時會議時間，切記請勿與其他實驗室通消息，給植秀舊同事優先機會。」

史璜舒一口氣。

路斯細細看視公式：「沒有什麼稀奇之處嘛。」

河川說：「這裏，這裏，兩者的化學連鎖反應，從未經過實驗，基本上認為——與——沒有關係，劉師一定做過千萬次實驗。」

「原來，減去十磅脂肪的秘方就在我們身邊。」

「藥方經醫務處反覆試驗才能放行，起碼一年。」

「植秀會以健康添增劑出售，不必醫務處通過。」

「服用後會否有副作用。」

「有，瘦十磅，我們信任劉師，絕無問題。」

「唉，劉師早知道我們的後半生經濟會出問題。」

「毋須神仙也猜得到我們這票人的下場：有收入之際一味吃喝玩樂漫遊世界，年長被社會淘汰當然捱苦。」

「前仆後繼，你看這一代，何嘗不如此。」

錢氏答覆迅速到達：「請即到植秀一行，請攜帶公式全部，我們律師恭候簽約。」

路斯說：「好似十分火急。」

「你想，單是本市女性人口三百萬，每人買百丸，那是多大數目。」

「每個女子都希望減掉十磅？」

「不，她們希望減二十磅。」

植秀實驗室那邊有團隊等候。

給三人優秀條件，錢教授說他在學生時期也與劉師合作研發該條公式，只是……

史璜看着他，示意長話短說。

律師遞上本票，史璜交給河川驗視，三人簽署收據。

錢教授對下屬說：「公式神奇之處，在於……」

史璜忽然輕輕說：「植秀不必苦苦研究換頭技術了，多些為活着的人增加福利才是正經。」

「三位，你們手上可還有其他公式。」

路斯信口開河：「用了永遠毋須補牙的漱口水、真正美白叫皮膚上升的面霜，還有，男性安全避孕藥，叫孩子們專心學業聰明丸……」

錢教授霍一聲站起：「劉某都留着自用？太過份啦。」
河川反問：「誰叫你們把他的檔案全都消滅？活該。」
律師開解疏導：「會議結束。」
坐了整天，腰酸背痛。
走到門口，路斯說：「合約上有一條小字：植秀擁有以後新發拓權。」
哪裏還會有其他新發明。
比起新進殺人武器，醫藥發現落後，傷風感冒仍然叫人類受罪。
河川說：「省着點花，下半生應無問題。」
到銀行分錢兑錢存錢。
路斯忽然嘆氣，「終朝只恨聚無多，及至多時眼閉了。」
大家苦笑。
「史璜應多取一份，她助力最多。」
史璜答：「胡說，不得多言，平分。」
鈔票厚厚實實，雖然有股奇怪氣味，握手中，心裏踏實，文盲或聖三一院士感覺完全一樣。

史璜先往辦館選購香檳，河川到相熟南貨店訂金華火腿最佳精段，路斯最實際，撥一角出來捐贈宣明會。

三人好好睡一覺。

電話叫醒史璜，是紋身大漢申律師。

「阿力已辦好所有手續預備明日出發會合女友。」

「啊。」史璜佩服阿力。

「他想向你親自道別。」

「忙的話走不開就不必多禮。」

「他一定要同你說幾句。」

「沒問題。」

「我……還有話說。」

「嗄，啊，請講。」

「感謝你介紹女朋友給我。」

史璜想一會，才記起那坐在酒館門口哭泣女子。

「你們合得來是緣份。」

「我倆想請你吃飯。」

「不用，好好相處，我就代你們高興。」

「我沒留意你的取向，刻意表示好感，可有冒犯。」

史璜沒好氣：「我沒有任何取向，也不容易被得罪，請你放心。」

「是，是。」

可以叫紋身大漢誠惶誠恐，倒也痛快。

史璜起床梳洗，剛沖好茶，阿力就按鈴。

這小子，越來越討人歡喜，紮壯可靠，誠實憨厚。

他什麼也沒講，好幾次想開口，終於不出聲，像是說：「您是明白人，那就不用多嘴了。」

史璜照例拍打他強壯手臂。

十分鐘後，他向史璜告辭。

阿力走了以後，史蹟把事情告訴路斯。

「你可希望有傻小子遠隔重洋追求。」

「欠另一人太多，不知如何償還。」

「我也那樣想，凡事，順其自然較佳。」

「可是像申律師那樣，這個不行轉向那個——」

「也不過是人之常情。」

「分析得好。」

「兩位，我受房東逼遷，於是想，這是我們最佳置業機會，不如選一座寬敞向海公寓，三人一起住。」

「你是昨日才出生？有無聽過相處好，同居難？」

「三人搬進姑婆屋，不不不。」

「我想住得好一點。」

「各歸各，不同門不同戶，請勿再提起這件事。」

那天回補習社，河川在黑板上寫上 $F=GMm/r^2$。

向孩子們解說：「大家乘過山車，嘩嘩聲往下衝，可知每分鐘奔多少哩？」

她們三人終身，難道就這麼過。

史璜同教授說：「到底意難平。」

——「真是難明女性要的究竟是什麼。」

「有時嚮往男歡女愛。」

「哈哈哈，錢教授覺得你的公式值多少？」

「首期——，他們在一年內配藥、用人體試練、通過健康添補劑條款、做廣告、宣傳、推出市場。」

「切記保密。」

「但藥效只一次性……」

「別忘記世上一半是女性。」

「照越瘦越美標準，我也超重，許多服裝店不設十號以上衣褲，大碼，只是八號。」

「你們三個，一向不計較打扮，不說這些，以後賺與蝕，專利均屬植秀。」

「教授，你還有其他公式否。」

「……」

「那天，我在植秀一間實驗室看到——」

「有空，不妨要求參觀植秀的人間所有動植物因子貯藏室，那真是奇妙的今世挪亞方舟。」

「是，是。」

「還有什麼牢騷。」

史璜笑，「寂寞。」

「你比河川與路斯更為多愁善感。」

「三胞胎長大，各有各生活，你老懷可以大慰。」

「你在她們人生歷程最初部份佔據重要角色，以後，看她們自己的了。」

「她們勇敢，當初，選擇給她們勇氣，完全實用，一次又一次坎，都靠勇氣跨過。」

「你們三人也是。」

「我們？感情不能殺傷我們，已經贏了一半，但是，未曾經過那種傷痛，又不好算是完整的人。」

「哈哈哈，史璜，電能即將用罄，別用來聊天。」

啊，晴天霹靂。

史璜熄掉電腦。

這也是緣份，無意中發現教授剩餘貯藏的能量。

這股能量，不能長遠陪伴她。

河川有計劃。

「美國麻省有學校邀我倆前去管理天才兒童班。」

「既是天才，毋須教導。」

「是呀，只需些許指引：在黑板寫下公式，任他們自由發揮，沒有功課，也毋須溫習，純數——是發明抑或發現？於天才身上可以獲得答案。」

「河川，那你自己也得進修。」

「正是，我們努力讀量子數學。」

「會否是最最最超齡學生。」

「有一老先生年屆八十。」

「補習社怎麼辦。」

「已做出名堂，褒與貶都承繼有人。」

「你呢，史璜，你做什麼。」

「我要看着減十磅的效能。」

「好極，分路揚鑣。」

三女用力握手，就這樣散開。

目明知道後痛哭。

「這是幹什麼，又不是永別。」

饒是如此，她也抽噎整日。

翌日，有五星食家訪問目明。

該英俊年輕男子好奇：「這位史女士，你是目明小姐的老師？」

「我是沾光客，什麼都與我無關。」

男子訕訕走開做他的採訪。

他問得很仔細，有板有眼，連材料來源都不放過，及知目明無師自通，不禁佩服，他問：「可是像愛迪生那樣，不住實驗一千次也不氣餒？」

「不敢當不敢當。」

成功之後，每個細節，每件瑣事，都為人歌頌。

失敗的話，做到吐血，也乏人問津。

那小子逗留頗長一段時間，雖有攝影師跟隨，但他仍然拍攝目明，圓圓面孔，圓圓豬仔包，非常有趣。

終於目明說：「我們要關店了。」

他這才依依不捨道別。

見史璜也與他一起，便向她打聽。

「目明可有男朋友？」

「我不知道，公平競爭，你說是不是。」

史璜這時才看到他攝影器材箱子上寫着「井上」兩字。

他是日本人。

史璜心裏打疙瘩，都廿一世紀，也不好做出不歡喜的樣子，他想送她一程，她拒絕。

看着他們上車，目明追出，送一大盒麵包，她這樣說：「最要緊是好吃。」

「是，是，我明天送照片給你。」

史璜忽然雙臂叉着腰身，揚起一角眉毛。

目明詫異，她從未見過璜姨有此表情，彎下腰笑。

目明說：「河川與路斯兩位阿姨已去教學，璜姨可冷清啦，傍晚，我到兒童病院做志工，可要一起。」

「兒童醫院哪一部門。」

「說來難以置信：解毒部。」

史璜卻一聽即明，那是孕婦沒戒除毒癮，胎兒受累染上毒癮，一出生便得服食美沙酮解毒。

史璜意外，沒想到目明如此勇敢。

那個傍晚，她們看到一個紅皮膚，重三磅四安士的早產兒，眼睛不能全睜，但會哭泣，身上搭滿管子，像實驗室一隻老鼠。

看護指示她們抱起，不要怕，請訪者解開紐扣，把嬰兒貼着心臟，稍為用力，按住，不要怕，維生管子叮叮作響，也不要緊，會哼歌的話大可唱幾句，抱半小時，對嬰兒康復大有幫助。

目明比較熟手，看護抱來另外一個嬰兒給史璜。

偉大的醫護人員司空見慣，指揮史璜把嬰兒貼肉依偎，史璜鼻子發紅。

「不要傷心，他長大一樣可以成為有用的人，他此刻只需要些許溫存，不是憐憫。」

史璜緊緊擁住嬰兒，動也不敢動。

幼嬰從頭到尾沒有張開雙眼。

離開醫院，目明說：「我們小時也那般微弱？」

「不，不，你們三個相當壯大，實實在在，五官分明，四肢活躍，表情豐富，一看就知不是省油的燈。」

目明笑。

史璜加一句，「人見人愛。」

目明說：「每次看到受難嬰兒，便想到因果，他們又來不及做過何種壞事，為何吃苦。」

「他們前世不是好人。」

「真是什麼都有解釋。」

「可有心潔消息。」

「她已自南歐回轉，大女兒阿嬰會說幾句法語，發音似銀鈴，悅耳之至，她衣著如碧姬芭鐸小明星時代模樣，我大叫：『心潔你要加衣！』真是漂亮，比起她我像村姑。」

「小李呢。」

「小李已搬出大屋。」

「他有新女伴否。」

「好像還沒有固定沙隆巴斯，他努力工作，不過瘦許多。」

「中年突瘦，還是詳盡檢查身體為上。」

「鄧老伯情況惡化，已完全不記得心潔，喜歡孫兒，看到她們會笑，但也認不清。」

「目明，怕將來我也會那樣。」

目明篤定，「你才不會那樣。」

「日本人有來找你嗎？」

「他總部在倫敦。」

「問非所答，耳聰呢，耳聰怎麼了。」

「仍在看皮膚科呢，傷疤有的癢不可當，唉。」

「大塊頭呢。」

「阿力真好，用中藥像白菊花煎成汁給她敷身，相當有效。」

「西藥也有藥膏。」

「但男朋友精心泡製的藥，三帖包好。」

「聽你似相當羨慕。」

再一次問非所答：「阿力功課只勉強追上，恐怕要多讀一年，耳聰則屢破懸案，在檔案找出紕漏，辯功甚佳，已為兩名罪犯找回清白。」

「阿力到底讀什麼。」

「英語。」

「了不起，畫鬼容易畫人難，我欽佩他。」

「他們兩人相親相愛，計劃畢業後結婚，耳聰是明星學生，想離校即日必可上班。」

「他倆可是同居。」

「不是，各住宿舍。」

「真是智慧選擇。」

「璜姨，她的事，為什麼不問她？」

「我也親口問你許多事，你會老實回答我嗎。」

目明訕訕。

這便是做家長苦處。

錢教授告訴史璜，「試驗十分成功，你願意回實驗室參予否。」

「不，我已出售專利。」

「諸女同事已搶先做實驗，效能超卓，並無顯著副作用，諸女趨之若鶩，內人已率先減去十磅，還想繼續服食，給我阻止，外間已傳說紛紜，說植秀終於解決地球第一號疾病，頭號病不再是癌症，而是癡肥。」

「植秀不歡迎我。」

「歡迎誰由我說了算，我派人接你。」

藥丸，就叫「減十磅」。

包裝美輪美奐，男女裝根本是同一丸藥，但分開深藍與紫紅二色。

裝潢當然最重要，當年加利略發明望遠鏡，他先做一具示範鏡，新手磨鏡，木製長筒裏着紅皮革，送給意大利麥迪西家族，不為什麼，他也得找人投資嘛，賺錢為先，最最重要。

才走出走廊，就聽見一個人低聲牢騷：「快成為馬戲班：鬍鬚美人、雙頭怪嬰、減肥增髮……這還算醫學研究嗎，難為我組夙夜匪懈做人工心臟。」

本來，這種閒言閒語，史璜聽得再多也往往一笑置之，但今日不，她氣忿這一代年輕人根本不知尊重師姐師兄為他們開拓走出來的路。

是，當敵人越走越低，我們要走高一級，但今日不，今日，她要狠狠踢他們。

史璜陰聲細氣說：「那人造心臟用什麼做，是豬心改造，抑或老細胞3D打印，別忘記化工師在古時不過叫術士。」

那人一怔。

「植秀的新同事，都盛行背後說人之非嗎，我也加入，我比誰更不會要嘴皮子。」

那人想說辯。

史璜索性說：「越發長進了，一剎時忘記令壽堂令夫人令千金全是女性，竟想同女子鬥嘴，厲害厲害。」

錢教授嚇一跳，連忙阻止那人再出聲。

「這邊，史璜，這邊走。」

史璜還丟下一句：「快月底，你的塑膠心臟若成功出售幫補，記得分均勻，大家都得養妻活兒。」

錢教授頓足，「好了好了，史璜，我們去吃茶點。」

拉到一邊，錢教授說：「你怎麼同小的們爭。」

「他小？他只是考不出的老童生。」

「我會教訓他。」

「請問你給我的是什麼位置，我決定入職，親手教訓這種無禮之徒。」

「哎唷，我因禍得福。」

立刻叫人做一個匾：「總設計師」，派一間兩邊臨窗辦公室，下面一大堆人手，全歸她指令，當然重新安排秘書助手司機名貴房車。

眾人都說：「一早好回來了。」

當天那背着她講閒話的小男人，也在其內，史璜發覺反擊，是那樣痛快的事。

目明知道，掩住嘴吃驚，「璜姨，你越來越孩子氣。」

史璜悻悻，「小人世界，做小人最痛快，誰再也別得罪我。」

「璜姨，你心內底層，一定後悔。」

「永不。」

史璜說得出做得到，一見那人，便順口諷刺幾句，叫他難堪。

一次，正討論是否考慮穿制服，史璜指向那人，「你說一說，好不好穿小丑裝，你對馬戲班最有心得。」

大家反而微笑，這人若不辭職，有得苦吃。

那人忽然站立，雙手垂直，這樣說：「史女士，是我失言，我趁同事都在這裏，向你鄭重致歉，我本應識向請辭，但研究尚未結束，而我又實在熱愛這個崗位，因此一直滯留，我應允，一到報告出來，約今年年底左右，一定離開植秀，另謀高就，這段尷尬時間，請史女士多多包涵。」

史蹟怔住。

諸同事紛紛說：「勞孫對自己多言歉疚不知瘦多少，是他不對，但心臟組的研究還差一口氣，做妥後一腳撻他走。」

看來這人人緣不錯。

史蹟這樣說：「今天說到這裏為止。」

她佩服他的勇氣。

大家收嘴吧，否則辦公室真要變成馬戲班。

史蹟帶着兩個助手巡遍植秀機構每一吋土地。

沒有，再也找不到劉教授任何蹤跡。

手下全是新人，劉氏離開時，他們才讀小學。

前人種樹後人涼，但也不知感謝，風氣不一樣，都來不及發表一些駭人見聞新聞，語不驚人死不休，望一夜（OK，三夜）成名。

老了，史璜同自己說，什麼都看不慣，懷念舊時自身驕橫歲月；曾經一度，她意氣風發，大家看到小史璜，退避三舍，以免正面衝突。

她忍不住告訴劉教授：「那勞孫長得十分好看，手臂上金色汗毛在陽光下晶光閃閃，鬈曲長髮叫人忍不住想伸手為他梳理……」

「竟把你所剩無多寶貴通話時間用在讚美一個洋小子身上。」

「在植秀，只有人類，沒有紅黃藍白黑人類。」

「對他有意思？」

「我們三人仰慕異性的本能一早已為你摘除。」

誰知教授揭露一驚人訊息，「也許，隨着年齡增長，身體會得修復該部份構造，你可請教醫生。」

什麼。

「你的經驗與智慧都已增長，希望，哈哈，或許會有些理智控制感情。」

這個玩笑開得太大。

「我的目光都落在年輕小伙子身上。」

「男朋友還分年齡身份？喜歡就行。」

史璜一怔。

「別再浪費時間。」

她的先天不足，真可以用後天彌補嗎。

先把勞孫當新小李看待。

漸漸熟稔，兩人佯裝把過去齟齬忘記，除卻公事，也談及生活。

勞孫的身世與她們完全不一樣，家裏相當優渥，父親在斯德哥爾摩打理一間藥廠，他是富家子，原可過着優悠生活：滑雪、釀酒、追求美女，但是他有抱負，兩年前加入植秀，因為植秀以「天為限」宗旨辦事，少卻許多掣肘。

他是中級研究員，看不到大圖畫，史璜有心栽培，含蓄地讓他略為知悉不受掣肘的研究。

勞孫膽識過人。

面上露出驚異之色，但並不作聲置評。

一次失言，他學得教訓。

他喜歡用手掌托住下巴沉思，一次，史璜終於忍不住，用手指圈一下他的鬈髮。

他意外，順勢握住她手，親吻一下。

然後，花整個傍晚讀植秀機構諸項守則：什麼可以為，什麼不可為，但沒有下屬與上司發展私人感情的守則，他放心了。

北歐人看男女感情只有一個守則：依個人良知為限，過得了自身那一關，即凡事均可為，他們社會與私人都沒有固定道德觀。

幸虧，勞孫相當尊重史璜，以年輕男子試探情懷，很久才進寸。

目明一次看到他倆散步，走得極其緩慢，她不想超越他，他也不想走在前面，只能半步半步那樣走，一邊全神貫注看着對方速度，相敬如賓。

目明心中一怔。

啊，這一定是璜姨的男友，她終於有異性朋友了。

目明一邊歡喜一邊擔心，忍不住向姐妹們通風報訊。

她們一時不能接受，只用驚嘆符號。
「要代阿姨開心。」
「真沒想到，只怕她受到傷害。」
「不要悲觀，一定有開心的時候。」
這次出山，史璜也發覺世情變化頗大，社會價值觀已比從前明智，對不明其實的一件事，不再那麼主觀，不輕易分對錯，對別人容忍得多。
她與小孫在一起，並沒引起很大迴響，因為含蓄也沒人注意。
他倆發展自然。
史璜臉上多層亮光。
勞孫對她說：「自少年起我就希望可以認識你這樣的女子，智慧但仍純真，活潑又恰到好處，獨立卻享受男伴……」
謝謝，謝謝。
世界那麼大，人如恆河沙數，但終於也叫她遇見恰當的人。
婦科醫生如此對她說：「你這個年紀如果想懷孕，會比較複雜，但也不是不可能的事，要一個獨立勇敢聰穎的孩子吧。我有朋友在植秀機構做事，對他們來說，不是難事。」

史璜微笑。

十畫還沒有一撇呢。

但每天都希望見到這個北歐人，她喜歡靠在他背上看書。

她喜歡他對男女關係的大方奔放，誰也不欠誰，誰也不吃虧，都是得益的開心人。

本市也相當開放，尤其在酒吧：陌生人萍水相逢，以後也許再不見面，喝了兩杯，說話方便。

有年輕女子搭訕，問史璜：「那是你今晚男伴？」

史璜挺詼諧：「昨晚也是他。」

「太漂亮了一點。」

「誰說不是。」

「年紀好像比你小。」

「我還希望看不出來。」

她忽然問：「行嗎。」

史璜一怔，不過，也難不倒她，笑笑答：「需要若干鼓勵。」

「啊，可有同類型可以介紹給我。」

「你去問他。」

勞孫走近把史璜拉走。

一日，史璜忽然說：「一起去巴黎。」

「巴黎已大不如前。」

「巴黎最好是海明威與費茲哲羅時代。」

「那又太早一些，新浪潮高達與杜魯福時代還是很有味道，史璜，我與你往斯德哥爾摩。」

到底還是他那冰天雪地家鄉最好。

「覺得本市如何。」

「時間過得比別處快，太容易迷路，花般女孩一下子心急慌忙憔悴，人人都急於掙錢。」

說得很好。

那美麗金髮之下，似乎還有若干聰明吧。

「你又有什麼打算。」

「做一點成績出來，為社會服務，中年，回家娶妻生子，退休後蹓大丹狗，教孩子打冰球，思考人生有何意義。還有，慶幸認識史璜女士。」

史璜微笑不語。

耳聰目明：「還是那金髮人？」

「是，璜姨似少女般心思最一心。」

「你離她近，會結婚嗎。」

「我想不，多認識幾個人比較一下好些。」

「璜姨極其挑剔。」

「我們何嘗不是。」

「但人變月圓，日久生厭，一個女友說：她對三年男友心變，他想拉她手，她閃避，他不常剪指甲，又長又粗，刮皮膚。」
「我的天，幫他剪短，抹油，不就行了。」
「事事如此，像帶孩子一般，你呢，阿力的手指如何。」
「我不會與你討論如此私人問題。」
「你與阿力快了吧。」
「簡單登記註冊，一個下午禮成。」
「我會來觀禮。」
「路途遙遠呢。」
「那是無心人託辭，心潔帶着孩子一起，她有飛機載我。」
「那你順便載三個阿姨。」
「我即刻開始籌備。」
浩浩蕩蕩，三代女生，一共九名。
史璜問勞孫：「你可要一起。」
「你們簡直是女兒國，我怕應酬。」

史璜不便勉強。

也許，應當纏住他一起出發，但史璜不是那樣的人，勞孫也不是那樣的人。

算一算，形影不離不知不覺也有整年光景。

在加州接到河川與路斯，不堪回首，河川指着髮腳，「鬢如霜。」

史璜細看，「果然是。」她撥開右邊髮腳，「我有一小撮白髮在此，這是我腦細胞特別用功之處。」

「你終於回植秀工作。」

「賓至如歸，桐油醒終需裝桐油。」

「還開心嗎。」

「頗愉快。」

「幾時讓我們看看那北歐人。」

「都一個樣子，沒什麼好看。」

河川看着她：「還未下決心。」

「不能結婚，就不能拖一輩子。」

「為何喪氣，人家戀愛，蕩氣迴腸，愉快地拖十年八年，你一下子便頹然，何故。」

「下次，下次努力一點。」

大家只得陪笑。

婚禮最注目是心潔三個漂亮女兒。

一下子那麼大了，穿一式米白色塔芙泰裙子，由她們父親帶入場，是，小李也出現了，氣色比從前好得多。

史璜悄悄問：「有新女伴否。」

「誰會要三女之父。」

婚姻註冊員驚異：「好熱鬧，這麼多美女。」

耳聰也結婚了。

他們決定留在異鄉工作，建立小家庭。

禮畢，大家吃一頓豐富晚餐，天氣忽然轉冷，下起濕雪，在該國久留，真需要勇氣。

還是去探訪耳聰新居，小夫妻嫌貴，已自宿舍搬到又濕又舊大戰時民居，不捨得開暖氣，多層牆紙剝落，牆壁滴水。

心潔大吃一驚，看小李一眼。

小李會意，輕說：「這裏住不得，不到三十歲雙腿骨節完蛋，心潔在這附近有一間兩房公寓，屋齡只得三十多年，算是較新，適合你倆。」

阿力忙不迭婉拒。

小李說：「姐姐姐夫作主，推辭即不敬。」

史璜咳嗽一聲，「小李講得有理。」

阿力感動得一頭大汗。

三個阿姨又合資送一輛小小電動車。

那晚，史璜一個人坐酒店房間與劉教授說話。

老師說：「計劃總算成功。」

「教授，可否說一說，到底是何種計劃。」

「聰敏的你，迄今還不知研究目標是何物？」

「弟子愚魯。」

「我這半世紀，在研究人類短短艱苦辛勞一生，怎樣才會得到些許快樂。」

什麼？

「快樂不是一個可見因子，但若干其他因子，或可導致快樂，然而我組遍尋不獲，研究人員氣餒，經費不足，因此解散，噫，美貌、財富、權勢……情愛，無一可引致快樂。」

「教授，會不會，世上根本沒有快樂一事。」

「不會呀，每次看到嬰兒蘋果面孔，我心充滿喜樂滿足。」

「但那是短暫的感恩，同戀愛一樣。」

「你現在知道了。」

史璜微笑，「聊勝於無，那種極樂感覺，值得付出代價追求。」

「哈哈哈。」

「教授，告訴我，為何銷毀檔案，為何自尋短見。」

「……」

「教授——」

「能源終告用罄，史璜，師徒緣份已盡，不必傷感，好好過日子。」

史璜泣不成聲。

室內一片沉靜，這種寂寞與平時又不同，像是史璜本人已經走進另一沒有生命空間，連呼吸起落都消失。

史璜走近床邊，倦極，臉朝下，伏到床上，靜靜睡着。

第二天早上，同伴把她叫醒：「要走了，如果不捨得，你可以多留幾天。」

史璜把那具老好電腦用一塊絲巾包起，收入行李。

河川看到她，「怎麼了，還配叫天鵝？灰頭灰腦像鵪鴣，雙腿腫得似發炎，什麼一回事，失戀嗎，早提醒過你，凡事淺嚐即止，小賭怡情，幾十歲的人弄得如此不堪，尊嚴何在。」

路斯不出聲，拎起史璜的行李便走。

河川說：「在大堂等你。」

史璜不出聲，打量一下衣櫃與抽屜，見沒有漏卻東西，坐在椅上沉思。

要回家了。

怎麼處理勞孫呢，熟讀孫子兵法也不管用，那些計謀，只有走為上計。回去，不發一聲，悄悄上班下班，佯裝什麼事也沒有發生過，這是史璜她一向作風，常受譏諷，可是，還是得照做。

與勞孫是同事，不可能避不見面，只得涎着臉厚着臉皮過日子，已練得刀槍不入，水牛皮一般，也無所謂了。

只放肆那麼一下，後患無窮，後悔嗎，那一點點溫柔，已足以照亮她的生命，不，又不後悔。

有人敲兩下門推開。

她輕輕說：「來了來了，催什麼催。」

她嘆口氣抬頭，怔住。

進房來的是高大人型，金髮閃閃生光，還有誰，分明是勞孫。

見鬼了，夜有所思，日有所夢，她精神有點混亂，靜一會，不由得輕輕問：「你怎麼來了。」

確是勞孫真身，他走到史璜跟前，輕輕半跪，吻史璜的手：「我喜歡乘長途飛機。」

他憔悴，沒剃鬍髭，整張臉都似蒙着層金紗，真是好看。

「我高估自身，以為可以張羅，可是你一離開，我寢食難安，大腦凍結，從一數到十都不能夠，為着自救，立刻訂飛機票趕來見面，剛剛在大堂碰見河川與路斯，她們說：只差一步，你就要同她們離去，屆時，又另外一種情況……」

他忽然流淚。

史璜輕輕說：「真男人，不哭泣。」

酒店房門嘭一聲推開，路斯大聲吆喝：「還走不走？專機要飛走啦。」

勞孫一聽，把史璜揹上背，「立刻走。」

「你馬不停蹄，到了就走了？」

他答：「我喜歡坐長途飛機。」

路斯與河川不回答。

一班人都疲倦，在飛機上各就各位睡着。

孩子們與母親阿姨擠在房間大床上，史璜躺沙發，小李同勞孫只得坐着睡，這大抵是最擠的私人飛機。

一路回到家，勞孫握着史璜的手不放，右手要做事，把手交給左邊，如此交替。

回到小公寓，宛如隔世。

勞孫做事頗有計劃，他先梳洗清潔，換上那種易縐麻布西服，恢復瀟灑，但人，的確瘦了一圈。

他讓史璜坐下，半跪，取出一隻小盒子，打開，裏邊裝着一枚灰禿禿指環，沒有鑲任何寶石，看得出是他祖先威京古董，他這樣說：「史女士，你願意嫁給我否。」

史璜看着那隻不起眼不知名金屬的指環，過一會才說：「我要好好想一想。」

「想多久。」

她作不了聲。

過了一年多，心潔問目明：「想清楚否。」

「沒有，但是，璜姨有伴出雙入對，生活愉快。」

「很奇怪，兩人在一起，不大說話，也沒有癡纏的眼神交流，彷彿與世上其餘感情有點不同。」

「她高興便好。」

「在工作上璜姨還頗有貢獻。」

「有金髮人看着她，我們也放心。」

「目明，你呢，為何尚無對象。」

「不到十分鐘，便看出對方毛病缺點，想別人對我也如此。」

「你到底有什麼苛刻條件。」

「要愛我。」

玻璃溫室內，三個女子正在開會。一半有章程，一半閒談。

溫室內香氣徘徊，蘭花開滿一室，美不勝收。

不，她們不是史璜、河川與路斯，是另外一代人了，繼續植秀機構各種研究。

這時，人工器官已經出爐，競爭劇烈，有些醫院有套餐服務，價廉物美，保證運作十年。

三位女士研究的題目是更換人類思維。

在實驗室內，有著名詩人、物理學家、商賈、政客的思想理論，被保存下來，在適當時機移植。

其中一位女士說：「我可不要馬利居禮的思維，多吃苦，唉。」

「但凡有獨立思想的人，都是要吃苦的吧。」

「人人都有思想。」

「未必，在家母的喪禮中，我弟婦纏住我不住的問：『某男星是否已秘密結婚』。」

「她一定很快樂。」

「是我唯一所知，應對生活滿意的人。」

「據説，半世紀前，植秀有位劉教授，盡其一生做一個實驗：尋找快樂因子，移植每個人身上，但實驗失敗。」

「如此虛無飄緲的實驗！」

另一位女士伸個懶腰，「散會吧，我想回去眠一眠。」

「不如研究如何清除懶根。」

「哈哈哈。」

一對叫「上妝女士」的蝴蝶翩翩飛至。

「啊，梁山伯與祝英台。」

花香，更加濃郁。

（全書完）

亦舒系列

223. 她的二三事 (長篇)
224. 月是故鄉明 (散文)
225. 早上七八點鐘的太陽 (長篇)
226. 鄰居太太的情人 (長篇)
227. 如果你是安琪 (短篇)
228. 紫色平原 (長篇)
229. 我情願跳舞 (長篇)
230. 只是比較喜歡寫 (散文)
231. 電光幻影 (長篇)
232. 蓉島之春 (長篇)
233. 愛可以下載嗎 (短篇)
234. 雪肌 (長篇)
235. 特首小姐你早 (長篇)
236. 葡萄成熟的時候 (長篇)
237. 此一時也彼一時也 (散文)
238. 剪刀替針做媒人 (長篇)
239. 乒乓 (長篇)
240. 恨煞 (長篇)
241. 孿生 (長篇)
242. 漫長迂迴的路 (長篇)
243. 忘記他 (短篇)
244. 愛情只是古老傳說 (長篇)
245. 迷藏 (長篇)
246. 靈心 (長篇)
247. 大君 (長篇)
248. 眾裏尋他 (長篇)
249. 吻所有女孩 (長篇)
250. 尚未打烊 (散文)
251. 一個複雜故事 (長篇)
252. 畫皮 (長篇)
253. 愛情慢慢殺死你 (長篇)
254. 你的素心 (長篇)
255. 地盡頭 (長篇)
256. 有時他們回家 (長篇)
257. 禁足 (長篇)
258. 謊容 (長篇)
259. 不二心 (散文)
260. 潔如新 (長篇)
261. 從前有一隻粉蝶 (長篇)
262. 三思樓 (長篇)
263. 四部曲 (長篇)
264. 德芬郡奶油 (長篇)
265. 君還記得我否 (長篇)
266. 少年不愁 (長篇)
267. 塔裏的六月 (長篇)
268. 佩鎗的茱麗葉 (長篇)
269. 世界換你微笑 (長篇)
270. 天堂一樣 (長篇)
271. 那一天，我對你說 (長篇)
272. 蜜糖只有你 (長篇)
273. 先吃甜品 (散文)
274. 掰 (長篇)
275. 我倆不是朋友 (長篇)
276. 外遇 (長篇)
277. 燦爛的美元 (長篇)
278. 代尋失去時光 (長篇)

亦舒系列

279. 實在平凡的奇異遭遇 (長篇)
280. 櫻唇 (長篇)
281. 陌生人的糖果 (長篇)
282. 藍襪子之旅 (長篇)
283. 女記者手記 (長篇)
284. 佳偶 (長篇)
285. 向前走，不回頭 (散文)
286. 紅杏與牆 (長篇)
287. 悠悠我心 (長篇)
288. 黑、白、許多灰 (長篇)
289. 無暇失戀 (散文精選)
290. 那男孩 (長篇)
291. 露水的世 (長篇)
292. 紅到幾時 (散文精選)
293. 有你，沒有你 (長篇)
294. 我哥 (散文精選)
295. 大宅 (長篇)
296. 幸運星 (長篇)
297. 微積分 (長篇)
298. 如果有，還未找到 (散文)
299. 某家的女兒 (長篇)
300. 衷心笑 (長篇)
301. 紅樓夢裏人 (散文精選)
302. 阿波羅的神壇 (長篇)
303. 不一樣的口紅 (長篇)
304. 新女孩 (長篇)
305. 森莎拉 (長篇)
306. 珍瓏 (長篇)
307. 這是戰爭 (長篇)
308. 寫作這回事 (散文精選)
309. 去年今日此門 (長篇)
310. 好好好 (長篇)
311. 結或不結　離或不離 (長篇)
312. 有限溫存 (長篇)
313. 就是喜歡 (散文精選)
314. 船屋 (長篇)
315. 第十一號羅蜜歐 (長篇)
316. 枉入紅塵若許年 (散文)
317. 青雲志 (長篇)
318. 無盡香檳 (長篇)
319. 仍未後悔 (長篇)
320. 針眼 (長篇)
321. 看庭前花開花落 (散文精選)
322. 他們這種人 (長篇)
323. 被捨棄的男子 (長篇)
324. 閒情拋卻 (散文)
325. 夏日最後敞篷紅色小跑車 (長篇)
326. 念初 (長篇)
327. 誰家園 (長篇)
328. 聽説前路風很大 (長篇)
329. 盡其本步 (散文)
330. 人呢 (長篇)
331. 明日佳期月圓 (長篇)
332. 賞心樂事 (長篇)
333. 永不永不 (散文)
334. 植秀 (長篇)

書名　植秀　作者　亦舒

出版　天地圖書有限公司
香港黃竹坑道46號新興工業大廈11樓
電話：2528 3671　傳真：2865 2609

香港灣仔莊士敦道三十號地庫（門市部）
電話：2865 0708　傳真：2861 1541

設計及插圖　陳小娟

印刷　亨泰印刷有限公司
柴灣利眾街27號德景工業大廈十字樓
電話：2896 3687　傳真：2558 1902

發行　聯合新零售（香港）有限公司
香港新界荃灣德士古道220-248號
荃灣工業中心16樓
電話：2150 2100　傳真：2407 3062

出版日期　二〇二四年六月／初版・香港